Andrea Maria Schenkel

Der Erdspiegel

Roman

Kampa

Für den Blick hinter die Verlagskulissen:
www.kampaverlag.ch/newsletter

Der Kampa Verlag wird in der Schweiz vom Bundesamt für Kultur mit einem Strukturbeitrag für die Jahre 2021–2024 unterstützt.

www.kampaverlag.ch
Covergestaltung: Lara Flues, Kampa Verlag
Coverabbildung: Sam Ward © Kampa Verlag
Satz: Herr K | Jan Kermes, Leipzig
Gesetzt aus der Stempel Garamond LT / 230230
Druck und Bindung: Friedrich Pustet, Regensburg
Auch als E-Book erhältlich
ISBN 978 3 311 10047 8

Für Felix, Toni und Linda.
In Liebe, Mama.

Der Korb an Katharinas Arm wog schwer, sodass sie ihn abwechselnd mal in der linken und mal in der rechten Hand trug.

»Du musst mit drei verschiedenen Gewändern kommen. Mit drei, hörst du?«, hatte ihr der Bichel am Morgen eingeschärft. »Und beeile dich, die Zeit ist knapp. Wenn der Tag zu Ende geht, ist die Chance vertan, und es dauert ein weiteres Jahr.«

Sie war nach Hause gelaufen und hatte dort in aller Heimlichkeit ihre schönsten Kleider in den Korb gelegt. In Gedanken ging sie alles noch einmal durch: Zuoberst lag der sonnengelbe Spenzer, den sie sich erst vor Kurzem hatte anfertigen lassen. Die Farbe des Stoffes hatte ihr sofort gefallen, sie passte so gut zu ihrem kastanienbraunen Haar. Der Spenzer war ihr schönstes Stück, ihr Sonntagsstaat. Bisher hatte sie ihn nur ein einziges Mal, zur Christmesse in der Heiligen Nacht, getragen. Nun wollte sie das Jäckchen anziehen, wenn sie ihren Liebsten zum ersten Mal zu Gesicht bekam. Darunter lag das blaue Tageskleid mit dem wattierten

Rock. Auch den grünen Spenzer und das Schnürleibchen hatte sie eingepackt.

Dreimal müsse sie sich umkleiden, hatte er ihr gesagt. Wenn sie die Chemisette zu dem gelben und dem grünen Spenzer anziehen würde und dazu den wattierten Rock, waren das zwei Gewänder. Überdies hatte sie das rote Tüchlein dabei, den Rock aus Barchent und die Schürze, die sie heute trug.

Zu gern hätte Katharina die Hochzeitshaube eingepackt, nur konnte sie die in der kurzen Zeit nicht finden. Therese, die wusste, wo sich die Haube befand, war heute nicht im Haus, und Walburga wollte Katharina nicht fragen. Die hatte eh schon neugierig um die Ecke gelurt, als Katharina die Sachen zusammensuchte. Freilich hatte Walburga wissen wollen, was es mit der Geheimniskrämerei ihrer Schwester auf sich habe und warum die alte Mare in aller Früh auf dem Hof erschienen war.

Aber Katharina hatte das Versprechen gehalten, das sie dem Bichel gegeben hatte. »Kein Wort zu niemandem!«, hatte er ihr gesagt, sonst funktioniere der Zauber nicht. Ein Zauber sei schließlich ein sehr zartes und zerbrechliches Ding, da brauche man Feingefühl. Bereits die Schwingung eines einzigen schlechten Gedankens reiche aus, um ihn zu stören. Viel Schlimmeres könnten Zweifel und Unglaube anrichten, die Magie würde zerbersten wie ein Glas.

»Magie« – genau das Wort hatte der Bichel verwendet. Manchmal redete er wie ein gelehrter Herr. Ganz so wie ein Pfarrer oder ein studierter Doktor. Dabei war er ein Viehhändler. Die Leute sagten, er sei viel herumgekommen. Bei den Franzosen sei er gewesen und auch jenseits der Alpen in Rom und Neapel. Genaueres wusste keiner, und der Bichel hüllte sich darüber in Schweigen. Aber dass er kein normaler Mann sein konnte, sah man daran, dass er des Lateins ein wenig mächtig war und auch sonst in allerlei Dingen Bescheid wusste.

Katharina wechselte den Korb wieder von einer Seite zur anderen. Die klammen Finger waren blau vor Kälte. Es rächte sich, dass sie nicht an die Handschuhe gedacht hatte. Auch hatte sie das Gewicht der Kleider unterschätzt. Womöglich war es ein Glück, die Haube nicht gefunden zu haben. Es war kein Platz im Korb, und sie wäre eingedrückt worden. An Schmuck hatte Katharina nur die goldfarbenen Ohrringe dabei, aber der Bichel hatte ja ohnehin nur von Gewändern gesprochen. Dafür hatte sie den weißen Rüschenkragen, den aus dem feinen Batist, und ein paar seidene Bänder dabei. Die Bänder konnte sie sich ins Haar binden, wenn es nötig sein würde. Das musste reichen. Sie war mit sich zufrieden.

Katharina lächelte. Nicht einmal im Traum wäre es ihr eingefallen, dass es heute geschehen könnte.

Dass sie, ehe der Tag um war, wissen würde, wer für sie bestimmt war. Ihre Schwester Therese würde sie ausschelten, wenn sie aus der Stadt zurückkam, weil Katharina alles hatte stehen und liegen lassen. Aber das war jetzt egal. Ihr würde bestimmt etwas einfallen, sie könnte es der Therese erklären. Sie hatte heute Wichtigeres vor.

Der Bichel wollte sie in den Erdspiegel sehen lassen. Seit einer gefühlten Ewigkeit wartete Katharina darauf. Vor mehr als einem Jahr hatte er den Spiegel vergraben. Am Fuße des Kalvarienberges. Genau an der Kreuzung. Dort, wo der eine Weg hinüberführt zur Kapelle und der andere den Leidensweg hinauf zum Christus am Kreuz. Am Anfang war es ihr seltsam vorgekommen: Wie sollte ein vergrabenes Stück Glas die Zukunft vorhersagen können? Zudem plagte sie ihr Gewissen. Ob sie wohl eine Sünde begehen würde, wenn sie in den Spiegel sähe? Als ihr der Bichel jedoch erklärte, dass der Weg hinauf das Symbol sei für unser Leben mit all seiner Mühe, dem Leid, den Höhen und Tiefen, da leuchtete es ihr ein. Der Zauber konnte nur wirken, wenn der Spiegel an einem magischen Ort vergraben war, und welcher Ort konnte mehr Magie in sich bergen als der Leidensweg Christi? Der Pfad, an dem er seine Tränen, seinen Schweiß und sein Blut geopfert hatte. Zudem hatte der Bichel Katharina alles genau beschrieben. Wie er das

Spiegelglas dorthin gebracht und neben der Wegkreuzung vergraben hatte.

»Um seine Tugenden zu erlangen, muss es in der Weihnachtsnacht in der Stunde vor der Christmette vergraben werden. Es ruht dann in der geweihten Erde, und ein Jahr später, zum gleichen Datum und zur gleichen Stunde, muss es wieder ausgegraben werden. Der Spiegel behält danach bis zum nächsten Neumond seine Kraft«, hatte er ihr erklärt. Es gab also keine Zeit zu verlieren. Wollte sie in den Spiegel blicken, musste es heute sein.

Zudem hätten nur bestimmte Leute die Gabe, in das Glas zu sehen, sagte der Bichel. In den vergangenen Tagen habe es die eine oder andere Person versucht, aber man müsse an einem Lostag das Licht der Welt erblickt haben. Selbst er, der Bichel, könne nicht sehen, was im Spiegel vor sich gehe. Hingegen sie, Katharina, sie war zu Mariä Lichtmess geboren worden. Ein weiterer Grund, Walburga nicht einzuweihen, war die doch im Sommer, mitten in der Ernte, zur Welt gekommen und somit nicht mit der Gabe gesegnet, in den Spiegel blicken zu können.

Welch ein Glück sie hatte!, dachte Katharina bei sich. Sie gehörte zu den Auserwählten. Die junge Frau hielt einen Moment inne und verschnaufte. Um zu verhindern, dass Walburga Verdacht schöpfte, hatte Katharina nicht den direkten

Weg zum Bichel eingeschlagen, sondern war einen kleinen Umweg gegangen. Die Welt um sie herum war in tristes Wintergrau gehüllt. Die Wolken hingen schwer und dicht wie eine undurchdringliche Wand. Seit Wochen war die Sonne nicht zum Vorschein gekommen, und jetzt setzte auch noch Schneeregen ein. Katharina musste sich beeilen.

Bis ins Kleinste hatte der Bichel ihr alles erklärt. Sie solle nicht erschrecken, wenn er den Raum mit dunklen Tüchern verhänge, es habe schon seine Richtigkeit. Diejenigen, die auserwählt seien, sagten, dass es für eine perfekte Wirkung dunkel sein müsse. Diejenigen, die es gesehen hätten, sagten, dass das Glas zuerst fast schwarz aussehe, danach würde ein gräulicher Nebel darüberziehen, der langsam blau werde und schließlich in ein helles Licht breche. Wie die Sonne, die hinter einer Wolke hervortrete. Das Licht sei so intensiv, dass es einem in den Augen brenne. Trotz der Schmerzen müsse man weitersuchen, denn erst dann könne man das Gewünschte erkennen. Dreimal solle sie ihre Kleidung wechseln, und dreimal würde sie sehen, was in ihrem Leben auf sie zukäme.

In Gedanken versunken, hatte Katharina nicht auf den Weg geachtet und war nun überrascht, vor der Tür des Bichel zu stehen. Sie hob die Hand, zögerte einen kurzen Moment, und dann klopfte sie.

Als der Bichel sie hereinließ, war es genauso, wie

er es ihr gesagt hatte. Die Fenster waren mit dunklen Tüchern abgehängt. In einer Hand hielt er eine Leuchte. Mit dem Zeigefinger der anderen vor seinem Mund deutete er ihr, dass sie still sein solle. Der Zauber vertrage keinen Lärm und keine Hetze, raunte er ihr zu. Katharina versuchte, so gut sie konnte ihre Anspannung zu unterdrücken. Unsicher folgte sie dem Bichel zu einem Tischchen in der Mitte der Stube. Er stellte die Lampe darauf ab. Das Licht war so schwach, es reichte nicht einmal aus, um den kleinen Tisch zu erhellen. Dennoch konnte Katharina erkennen, dass dort unter einem Tuch verborgen etwas lag. Es musste der Erdspiegel sein.

Sie trat näher. Ihr Herz klopfte bis zum Hals. Sie befürchtete, es würde aus ihrem Leib herausspringen, so wild schlug es. Der Bichel stand ganz nah neben ihr. Wenn er sprach, war Katharina, als könne sie seinen Atem im Nacken spüren.

»Stell deinen Korb ab, und setz dich auf den Schemel«, wisperte er ihr zu.

Sie tat, wie ihr geheißen. Dabei stieß sie ganz leicht und ohne jede Absicht gegen die Tischkante. Das Licht flackerte ein wenig.

»Nicht, du dummes Ding!«, fuhr er sie an. »Du zerstörst den Zauber. Der Spiegel darf nicht erschüttert oder berührt werden, sonst verliert er seine Kraft. Das Beste wird sein, ich binde deine

Hände auf den Rücken, so kommst du nicht in Versuchung.«

Katharina wollte etwas einwenden, aber ließ es bleiben. Zu groß war die Angst, der Bichel würde sie nicht in den Spiegel blicken lassen, wenn sie nicht tat, was er von ihr verlangte. Sie kreuzte ihre Arme, und er umwand sie mit einem Tuch. Danach verband er ihr die Augen, denn, wie er sagte, war es ihr nicht erlaubt zu sehen, wie er das Tuch vom Spiegel nahm. Auch das könne den Zauber zerstören. Erst wenn er es fortgenommen habe, erst dann und nur dann, könne sie einen Blick in den Spiegel werfen. Wieder ließ sie alles mit sich geschehen, ganz so, wie er es ihr befahl.

Katharina saß da, mit verbundenen Augen und auf den Rücken gebundenen Händen. Alles war still, selbst ihr Herz hatte aufgehört, wie wild zu schlagen. Gleich würde sie in den Spiegel sehen. Gleich würde sie sehen, wen das Schicksal für sie auserkoren hat. Sie atmete tief ein und wieder aus. In dem Moment spürte sie den Stich. Und einen brennenden Schmerz. Sie verstand nicht, was mit ihr geschah. Sie wollte schreien, allein sie konnte nicht. Aus ihrem Mund kam nur ein hässliches Gurgeln. Sie fiel zu Boden, und da sah sie das Licht. Ein unglaublich klarer, gleißender Schein. Es war ihr, als würde sie davon angezogen werden, als würde sie eins werden mit der Helle.

Der Bichel hatte nicht gelogen: Sie sah ihre Zukunft. Das war das Letzte, was ihr durch den Kopf ging.

Am Morgen kurz nach Sonnenaufgang erschien die alte Mare auf dem Hof. Walburga hatte gerade das Federvieh aus den Verschlägen gelassen. Der Knecht, der Mich, war vor Tagesanbruch mit dem Tagelöhner ins Holz gefahren, und auch Walburgas Schwester, die Therese, war nicht im Haus. Sie war zeitig von Regendorf nach Regensburg aufgebrochen. Der Pachtvertrag mit dem Bistum über die Wiesen am Hölzl musste verlängert werden, zudem standen noch einige Besorgungen in der Stadt an. Der Mich hatte sie ein Stück des Weges mit dem Brückenwagen mitgenommen, die restlichen zwei Stunden ging Therese zu Fuß.

Walburga wollte gerade zurück ins Haus, als die Mare plötzlich vor ihr stand. Die Alte war ein kleines Hutzelweiberl, keine fünf Fuß hoch. In der Umgebung war sie bekannt wie ein bunter Hund. Das Gesicht voller Furchen und Falten. Egal, worüber sie sprach, sie verzog stets den Mund zu einem Grinsen. Man konnte ihre beiden Stumpen sehen, ganz so, als wollte sie der Welt zeigen, dass sie nicht ganz zahnlos war.

Mare wohnte im Dorf im Hirtenhaus, in einer kleinen Kammer gleich neben dem Geißenstall. Und weil sie keinen Mann hatte und auch keine Kinder, die sie ernähren konnten, verdingte sie sich ihr karges Brot mit Botengängen. In der letzten Nacht hatte der Angerbauer sie nach der Hebamme, der Bichlerin, schicken lassen. Deshalb, so erzählte Mare Walburga, sei sie jetzt bereits die halbe Nacht unterwegs. Die Beine täten ihr weh, und auch sonst sei sie ganz schwach.

»Wannst eine Morgensuppe für mich hättest, da wäre ich dir sehr dankbar und würde auch einen Rosenkranz als Vergeltsgott für dich beten.« Die Alte grinste Walburga täppisch und auch ein wenig unterwürfig an.

Dieser blieb nichts anderes übrig, als die Mare widerwillig mit ins Haus zu nehmen. Dort bot sie ihr einen Platz auf der Bank neben der Kuchel an und sagte zur Katharina, sie möge Mare ein wenig von der Morgensuppe in eine irdene Schüssel geben, damit die Alte zu Kräften käme und sich recht bald wieder auf den Weg machen könne. Walburga selbst kümmerte sich nicht weiter um das Weiberl. Sollte ihre Schwester dem unerwünschten Gast Gesellschaft leisten, wie alle jungen Dinger war auch sie nur zu begierig darauf, sich den neuesten

Tratsch aus der Umgebung berichten zu lassen. Für solch einen Unfug hatte Walburga keine Zeit.

Walburga war die Praktische der drei Seidel-Schwestern. Sie war groß und stark und im Aussehen etwas grobschlächtig. Sie konnte ausdauernder und härter arbeiten als mancher Mann. Wenn der zwei Hiebe brauchte, um ein Scheit Holz zu spalten, schaffte Walburga es mit einem. Sie werkelte in Haus und Hof von früh bis abends. Der Mich war der einzige Knecht, der mit ihr mithalten konnte.

Therese, die Älteste der Schwestern, kümmerte sich um die finanziellen Angelegenheiten. Wäre es Frauen erlaubt gewesen zu studieren, aus ihr hätte eine gute Advokatin werden können. Sie kannte sich aus mit Verträgen und wusste genau, was wie viel wert war und wann man den besten Preis erzielen konnte.

Walburga und Therese waren ein eingespieltes Team. Haus und Hof der Familie waren bei den beiden in guten Händen. Sie wirtschafteten besser als jeder Mann, sie brauchten keine Ehemänner, die ihnen das Ruder aus der Hand nahmen und ihnen sagten, was sie zu tun und zu lassen hatten.

Katharina, die Jüngste, war ganz anders. Schon immer war sie zart und zerbrechlich gewesen. Die älteren Schwestern hatten nach dem Tod der Eltern versucht, sie zu beschützen und alles Schlechte von ihr fernzuhalten. Vielleicht hatten sie sie ein bisschen zu sehr verwöhnt. Katharina hatte ganz im Gegensatz zu Therese und Walburga eine schwärmerische Natur. Sie träumte von einem liebenden Ehemann und einem schönen Haus mit einem Garten voller Blumen. In ihren Tagträumen sah sie sich handarbeitend auf einer Bank sitzen, um sie herum ihre spielenden Kinder. Zwei sollten es sein, ein Mädchen und ein Junge. Das Mädchen sollte die gleichen kastanienbraunen Haare haben wie sie selbst, und der Knabe sollte blond sein und blaue Augen haben wie der imaginierte Ehemann. Am besten wäre es, wenn ihr Zukünftiger ein Kaufmann wäre, aber dann fiel ihr in ihren Tagträumen ein, dass der womöglich die gleiche rationale Art wie ihre Schwester Therese haben würde. Wenn dem so wäre, wäre vielleicht eine andere Profession besser. Ein Bauer oder Handwerksmeister kam auch nicht infrage, denn der würde sie zu sehr an Walburga erinnern. Ein studierter Beamter vielleicht? Oder einer, der im Rat saß? Katharina wollte jemanden, der sie verstand, der sie nicht auslachte, wenn sie von ihren Träumen erzählte. Sie wollte einen liebenden Gatten. Dass dieser auch vermögend war, darauf würden ihre Schwestern achten.

Kaum hatte Walburga sie allein gelassen, erzählte Mare dem Mädchen, dass sie nicht zufällig hier sei. Der Bichel habe sie geschickt. Sie solle Katharina ausrichten, dass heute der Tag gekommen sei und dass sie so bald als möglich bei ihm vorbeikommen solle.

Das junge Ding wurde zuerst blass, und dann bekam sie glühend rote Wangen. Morgen, sie wolle warten, bis ihre Schwester Therese wieder zu Hause war, kam es stockend aus ihr heraus.

Aber die Alte ließ nicht locker. Sie fürchtete um ihren Lohn, wenn Katharina nicht zum Bichel ging. Darum machte sie es etwas pressanter. Der Bichel habe gesagt, sie solle sogleich zu ihm gehen. Es sei sehr wichtig, und es gelte, keine Zeit zu verlieren, da das, auf das sie seit Langem warte, nur heute stattfinden könne. Und wenn es der Katharina nicht möglich sei zu erscheinen, sei die Chance vertan.

Mare konnte sehen, wie sehr das Mädchen mit sich haderte. Freilich, in all dem Zögern erkannte sie auch eine freudige Aufgeregtheit. Schließlich willigte Katharina ein, in der nächsten Stunde zum Bichel hinüberzulaufen.

Zu gern hätte Mare gewusst, um was es sich bei dieser dringlichen Angelegenheit handelte. Der Bichel hatte, als er ihr den Auftrag erteilte, sehr geheimnisvoll getan und ihr eingeschärft, nur mit der Jüngsten der Seidel-Schwestern zu sprechen. Nicht mit der Walburga und schon gar nicht mit der Therese. »Nur mit Katharina. Hörst! Dein Schaden soll es nicht sein. Ich werde mich erkenntlich zeigen für diesen Dienst. Später. Freilich nur, wenn du alles so erledigst, wie ich es dir auftrage. Wenn du dich nicht daran hältst, bekommst du auch nichts.«

Auch das junge Ding zeigte sich auf Mares Nachfragen hin verstockt. So sehr sie auch drängte, sie bekam kein Sterbenswörtchen aus Katharina heraus. Nachdem die Alte mit ihrer Morgensuppe fertig war, blieb ihr nichts anderes übrig, als sich auf den Nachhauseweg zu machen. Sie hatte ihr Geschäft erledigt.

Katharina schenkte dem Weiberl aus lauter Dankbarkeit zum Abschied ein Stück Rauchfleisch – und das inmitten der Fastenzeit. Das würde sich Mare am Abend heimlich schmecken lassen. Sie würde das Fenster verhängen und auch das Kruzifix. So konnte keiner, auch der Herrgott nicht, sehen, was sie tat.

Auf dem Heimweg nahm Mare sich vor, in den nächsten Tagen wieder bei Katharina vorbeizuschauen. Ihre Neugier ließ ihr schon jetzt keine Ruhe. Sie war fast sicher, dass bei dem Bichel ein heimlicher Galan auf das Mädchen wartete. Was konnte es anderes sein? Vielleicht hatte sie Glück, und Katharina war beim nächsten Besuch gesprächiger.

Kaum hatte Mare den Hof verlassen, lief Katharina eilig zum Bichel hinüber, und eine gute Stunde später war sie zurück. Als Walburga wissen wollte, wo sie gewesen war, rückte Katharina zunächst nicht mit der Sprache heraus. Erst als die Schwester nicht aufhörte zu fragen, gab sie zu, beim Bichel gewesen zu sein, und erklärte, nun eine Reihe von Besorgungen erledigen zu wollen. Dazu müsse sie aber erst ein paar Sachen einpacken. Wenn danach noch Zeit wäre, wolle sie zur Godin nach Preßgrund hinüberlaufen. Allen weiteren Fragen wich Katharina aus. Die Schwester solle sie nicht immer wie ein kleines Kind behandeln, sie wisse, was sie tue.

Walburga versuchte herauszufinden, was Katharina da in aller Hast zusammenpackte, die machte allerdings ein großes Geheimnis daraus, und ewig Zeit, ihrer Schwester hinterherzuspionieren, hatte Walburga auch nicht. Die Arbeit auf dem Hof erledigte sich nicht von selbst, die Tiere mussten gefüttert, gemistet und gemolken werden. Der Mich kam mit einem ganzen Fuhrwerk und dem Tagelöhner wieder auf den Hof zurück. Und die Therese war immer noch fort.

Erst am Abend entdeckte Walburga, dass Katharina nicht nur den gelben Spenzer eingepackt hatte, auch ein paar ihrer schönsten Kleider waren nicht mehr da. Zudem war es bereits finster, und die Schwester war immer noch nicht zurück. Walburga fing an, sich Gedanken zu machen. Und hätte nicht ausgerechnet an dem Abend die Resel, die Kuh, vorzeitig zu kalben angefangen, wäre sie in derselben Stunde aufgebrochen, um nach der Schwester zu suchen. Aber so konnte sie nicht auch vom Hof fort.

Am nächsten Morgen schickte sie den Mich los. Er sollte von Regendorf hinüber nach Preßgrund und nachfragen, ob Katharina dort über Nacht geblieben war. Der Mich fand schnell heraus, dass Katharina die Godin nicht besucht haben konnte. Diese war krank und wurde seit ein paar Tagen im Haus ihrer Tochter in Edlhausen gepflegt. Auf dem Rückweg erkundigte er sich daher noch in der Nachbarschaft, ob einer Katharina gesehen habe. Doch ohne Erfolg.

Als er wieder auf dem Hof eintraf, war es bereits Mittag, und Therese war aus Regensburg zurück. Mich berichtete den Schwestern das Wenige, was er herausgefunden hatte. Therese beschloss sogleich, zum Bichel hinüberzulaufen und nachzufragen, ob der vielleicht etwas wisse. Schließlich war Katharina, ehe sie zu ihren Besorgungen aufgebrochen war, bei ihm gewesen. Beim Bichel war aber keiner zu Hause.

Am Tag darauf, als von der Schwester immer noch jede Spur fehlte, ging Therese wieder zum Bichel, und dieses Mal traf sie ihn an. Er war überrascht, Therese zu sehen, und sagte, dass Katharina bei ihm gewesen war. Das Mädchen habe vor dem Haus auf einen Fremden gewartet. Auf einen jungen Herrn. Er erzählte, er habe sie aufgefordert hineinzugehen, da das Wetter so schlecht war, es hatte geregnet und auch ein wenig geschneit. Sie hingegen habe darauf bestanden, auf der Bank vor dem Haus sitzen zu bleiben.

Auf Thereses Frage, ob es ihm nicht seltsam vorgekommen war, dass ihre Schwester ausgerechnet bei ihm auf den Unbekannten wartete, entgegnete der Bichel, Katharina habe ihm den Fremden bereits am Morgen angekündigt. Sie sei extra zu ihm auf den Hof gekommen. Wenn er sich richtig erinnere, so wollten die beiden nach Stadtamhof bei Regensburg fahren. Als Katharina wenig später mit einem Korb zurückgekommen sei, sei er davon ausgegangen, dass alles seine Richtigkeit habe.

»Sie saß noch nicht lange auf der Bank, da fuhr schon ein junger Herr mit einem Zweispänner vor. Ich war drüben im Schupfen, und als ich wieder über den Hof ging, war sie gerade dabei, in den Wagen zu steigen. Sie hat mir zugerufen, wenn ihr nach ihr fragen solltet, soll ich euch ausrichten, ihr müsst euch keine Sorgen machen, alles ist gut und sie wird sich bei euch melden.«

Therese wollte wissen, ob er den Mann nicht genauer beschreiben könne?

Der Bichel wiegte seinen Kopf nachdenklich hin

und her. »Ich würde dir ja gerne helfen, nur alles ist wirklich sehr schnell gegangen. Ich habe mit dem Fremden kein Wort gewechselt. Ich kann dir versichern, dass er auf mich einen guten Eindruck gemacht hat. Der kurze Moment, den ich ihn zu Gesicht bekommen habe, genügte, um zu sehen, dass er von nobler Herkunft war. Seine Kleidung war von guter Qualität. Er hatte einen Rock, Kniehosen und eine Weste an, ganz so, wie es bei den Franzosen Mode ist und wie sie in der Stadt herumlaufen. Das Gesicht kann ich dir nicht beschreiben, dazu hätte ich ihn aus der Nähe sehen müssen. Außerdem hatte er einen Hut auf. Es könnte ein Zylinder gewesen sein, da bin ich mir nicht sicher. Ein Dreispitz war es nicht. Vielleicht hätte ich etwas besser darauf achten sollen, dann könnte ich dir heute mehr darüber berichten. Wie gesagt, ehe ich mich umsah, waren die beiden bereits fort.« Der Bichel sah Therese zerknirscht an. »Wenn ich nur geahnt hätte, was vor sich geht. Natürlich hätte ich nachfragen müssen. Im Nachhinein ist man immer schlauer. Andererseits: Für mich gab es in diesem Moment keinen Anlass dazu. Du musst verstehen, Seidelin, es ist nicht meine Aufgabe, mich gehen eure Angelegenheiten nichts an.« Der Bichel machte den Anschein, als wollte er Therese tröstend seine Hand auf die Schulter legen, ließ es dann aber bleiben. »Es ist ein Kreuz mit den jungen

Mädchen«, fuhr er fort. »Wenn sie sich verlieben, verlieren sie den gesunden Menschenverstand und lassen sich von ihrem Galan leicht beeinflussen. So sehr ich es bedauere, keine eigenen Kinder zu haben, bin ich doch froh, dass mir diese Sorge erspart bleibt. Hingegen ihr, die Walburga und du, hättet es wissen müssen! Euch hätte es doch auffallen müssen, ihr habt doch mit ihr unter einem Dach gelebt. Hat man als ältere Schwester kein Auge auf die jüngere? Euer Sach haltet ihr doch seit dem Tod des Vaters auch zusammen. Euch fehlt der Mann im Haus, der die Übersicht behält.«

Selbst wenn Therese es nicht hören wollte, der Bichel hatte recht. Sie hatte versagt, sie hätte besser auf Katharina aufpassen müssen. Es war ihre Pflicht gewesen, auch gegenüber den verstorbenen Eltern.

Therese hatte den Eindruck, dass der Vorfall dem Bichel wirklich auf der Seele lag und er sich um das Schicksal der Katharina sorgte. Katharina war eine Träumerin, jedoch fortgehen ohne ein Wort? Das passte nicht zu ihr. Sie hatte nie über einen jungen Herrn gesprochen. Und wo in aller Welt hätte sie den kennenlernen sollen? Aber was sollte Therese tun? Ihr waren die Hände gebunden, ihr blieb nichts anderes übrig, als auf eine Nachricht der Schwester zu warten.

Und noch etwas Seltsames geschah. Am selben

Tag, nur wenige Stunden später, wurde die alte Mare tot in ihrer Kammer gefunden. Erstickt an einem Stück Rauchfleisch, das sie heimlich in der Fastenzeit gegessen hatte.

Mare hatte gewartet, bis es draußen dunkel geworden war. Nicht dass es in ihrer kleinen Kammer jemals richtig hell wurde. Durch das viel zu kleine vergitterte Fenster verirrte sich selbst im Sommer kaum ein Lichtstrahl. Dennoch sollte keiner sehen, dass sie sich nicht an die Fastenregeln hielt. Die waren in ihren Augen sowieso nur für Leute, die es sich leisten konnten: die geistlichen Herren, die großen Bauern und die anderen feinen Herrschaften. Kurz: für alle, die das ganze Jahr über genügend zum Essen hatten. Die sich nicht jeden Bissen genau überlegen mussten, die, wann immer ihnen danach war, in die Speisekammer gehen konnten. Mare kannte diesen Luxus nicht. Oft war sie in ihrem Leben hungrig zu Bett gegangen, hatte nicht gewusst, wie sie sich von einem auf den anderen Tag durchbringen sollte.

Draußen war es bereits finster geworden. Entgegen ihrer sonstigen Gewohnheit verhängte sie das Fenster mit einem Lappen. Sollte einer zufällig des Weges kommen, würde der nicht ob des Lichts neugierig werden und zu ihr hereinluren.

Sie setzte sich auf den Schemel, vor ihr das wackelige Tischlein. Schön hatte sie es gedeckt. Heute Abend würde sie es sich gut gehen lassen. In der Mitte des Tisches lag auf einem hölzernen Teller das Rauchfleisch, das ihr das Mädchen gegeben hatte. Daneben ein Kanten Brot, ein Krug mit Wasser, ein irdener Becher und das Messer. Sie schnitt kleine Stückchen vom Rauchfleisch ab. Gerade groß genug, dass sie es mit ihren verbliebenen Zähnen kauen konnte.

Was der Bichel wohl mit dem Mädchen zu schaffen hatte? Es musste etwas mit einem Burschen zu tun haben, da war die Mare sicher. Den Schwestern der Katharina würde das gar nicht gefallen. Die älteren Seidel-Schwestern waren stolze Frauenzimmer. Denen konnte nicht ein jeder recht sein. Schließlich gehörte ihnen eines der größten Anwesen im ganzen Ort.

Mare zuzelte gedankenverloren an dem Fitzelchen Geräucherten in ihrem Mund. »Geld allein macht die Menschen auch nicht glücklich«, dachte sie bei sich. Die Mutter der Mädchen und der jüngere Bruder waren lange tot, und der Vater war ihnen vor ein paar Jahren gefolgt. »Dem Gevatter Tod ist es gleich, wie viel einer hat oder wie alt einer ist. Wenn die Zeit um ist, kommt er und holt sich den Sünder.« Die Alte schüttelte nachdenklich den Kopf. Sie schnitt sich aufs Neue ein Stückchen ab. Das Fleisch war zart. Es schmeckte zu gut. Ob es daran lag, dass sie etwas Verbotenes tat?

Am späten Nachmittag war sie beim Bichel gewesen. Sie wollte sich den versprochenen Lohn abholen. Die Haustür war weit offen gestanden, und der Boden im Fletz war ganz dunkel vor Nässe gewesen. Mare hat am Türstock geklopft und gerufen, aber es kam keine Antwort. Eine Weile stand sie unschlüssig an der Tür. Dabei fiel ihr Blick wieder auf die Flecken am Boden. Irgendwie kamen sie ihr seltsam vor. Sie hätte sie sich gerne genauer angesehen, doch gerade als sie hineingehen wollte, stand der Bichel wie aus dem Nichts hinter ihr. Und ehe sie auch nur einen Satz hatte sagen können, hatte er sie vom Hof gestampert. Sie solle sich um ihren eigenen Kram kümmern, hatte er zu ihr gesagt, und dass er den Lohn für ihren Botengang nicht vergessen habe. Er würde ihn noch heute, ehe der Tag vorüber war, vorbeibringen.

Die Alte vernahm ein Schaben an der Tür zur Kammer. Die Geiß musste sich wieder aus dem Verschlag gewuzelt haben. Das war nun bereits das dritte Mal in dieser Woche. Gleich morgen musste Mare den Riegel erneuern. Gerade als sie aufstehen wollte, um nachzusehen, öffnete sich die Tür. Herein kam der Bichel. Der lächelte sie freundlich an, entschuldigte sich, dass er am Nachmittag so unhöflich zu ihr gewesen war. Er sei in Eile gewesen.

»So springt man nicht mit Leuten um«, sagte er zu ihr. »Hier hast einen Kreuzer als Lohn.«

Er drückte ihr die Münze in die Hand, dann wandte er sich zum Gehen. Unter dem Türbalken drehte er sich um.

»Weißt was, magst mit mir einen Schnaps auf unsere Versöhnung trinken?« Er hatte den Satz noch nicht beendet, da hatte er bereits ein Fläschchen aus seiner Rocktasche gezogen und hielt es der Mare hin. »Hier, trink du zuerst.«

Das ließ Mare sich nicht zweimal sagen. Heute war wirklich ein Festtag! Zuerst das Rauchfleisch, danach der Kreuzer und nun der Schnaps. Die Alte nahm einen kräftigen Schluck und hierauf einen weiteren. Der Bichel ermunterte sie: »Trink nur, es tut dir gut!« Sie leerte das halbe Fläschchen in einem Zug. Die Wärme, die sich in ihrem Körper breitmachte, fühlte sich gut an. Jedoch mit ihr kam auch ein Schwindel. Die Welt um Mare herum schien aus den Fugen zu geraten. Um das Gleichgewicht nicht zu verlieren, musste sie sich am Bichel festhalten. Der packte sie grob unter dem Arm und schleifte sie hinüber zur Bettstatt. Den Kreuzer hielt sie dabei fest in der Hand. Fast weggetreten, spürte sie, wie er ihre Faust gewaltsam öffnete. Sie wollte sich wehren, wollte um Hilfe rufen, brachte es aber nicht mehr zustande. Der Bichel drückte sie in die Bettstatt, und alles um sie herum hörte auf zu sein.

Als er sicher war, dass Mare nicht mehr atmete, stand der Bichel auf und ließ den Kreuzer in seine Joppentasche gleiten. Er nahm das Fläschchen mit dem Laudanum, löschte die kleine Funzel auf dem Tisch und ging.

Bei jedem Stich stemmte sich Gangerl mit seinem ganzen Gewicht gegen die Schaufel. Die Erde türmte sich hoch auf dem Schaufelblatt und fiel gleich darauf nass und schwer in die Grube. Obwohl es kalt war, standen ihm Schweißperlen auf der Stirn. Der Winter war mild und verregnet gewesen. Der Boden war nicht durchgefroren wie normalerweise um diese Jahreszeit, nichtsdestotrotz war es eine Plagerei. Zwei Stunden länger als an anderen Tagen hatte er gebraucht, um das vier Fuß tiefe Loch auszuheben, und jetzt, nachdem die Beerdigung vorüber und die alte Mare zur ewigen Ruhe gebettet worden war, musste er das ganze Erdreich wieder zurück schaufeln. Erneut stach er in den Haufen.

Gangerl hielt für einen Moment inne, richtete sich auf und griff nach dem Schweißtuch in seinem Hosensack. Er wischte sich über Stirn und Nacken. Dann blickte er auf das Grab. Stolz machte sich in seiner Brust breit. Einen schönen Platz hatte die Mare bekommen. Einen wirklich schönen Platz.

Zwar lag ihr Grab etwas abseits, aber dennoch nicht ganz im hintersten Eck des Gottesackers, dort, wo Jahr und Tag keiner vorbeiging und einen weder ein Gebet noch ein Spritzer Weihwasser erreichte. Dort hinten, wo nur die Kinder, die keiner haben wollte, begraben wurden.

Seit dreißig Jahren war es nun sein Geschäft, die Leute unter die Erde zu bringen. Es stimmte nicht, dass der Tod alle Menschen gleich machte. Selbst als Toter ruhte man besser, wenn man Geld hatte. Nicht dass es einem dann noch was bringen würde, trotzdem konnte ein jeder sehen: Der hatte mehr, der war gleicher als die anderen.

Auch wenn sie in ihrem Leben kein Glück gehabt hatte, war es der Mare nun wenigstens im Tod vergönnt, ein Grab mit Blick auf das ewige Licht zu bekommen. »Ein schönes Platzerl hast«, sagte der Gangerl halblaut zu sich selbst. Hier konnte die Alte sehen, was um sie herum vor sich ging, und das war genau nach ihrem Gusto, da war er sicher.

Gangerl blickte voller Zufriedenheit über den Friedhof. Die Gräber hier, fast alle hatte er ausgehoben. An jedes einzelne konnte er sich erinnern, ganz so wie der Schäfer jedes seiner Lämmer kennt. Gangerl hatte ein gutes Gedächtnis für jede Grube und jede Leiche. Drüben bei der Friedhofsmauer, da lag der alte Angerbauer mit seiner Frau. Ein Leben lang waren sie wie Hund und Katze gewesen, kaum war sie unter der Erde, war er den ganzen Tag am Lamentieren. Und kein Jahr später trugen sie auch ihn auf den Friedhof.

Der Angerbauer war Gangerls erstes Grab gewesen. Das Ausheben war eine ähnliche Schinderei wie heute. Der Boden war steinig, und seine Hände waren ob der ungewohnten Arbeit voller Blasen und Schwielen. Das Grab hatte er mit seinem Vater ausgehoben. Totengräber waren wie Henker und Abdecker nicht sehr gelitten. Die Leute wurden ungern daran erinnert, dass ihre Zeit auf Erden begrenzt war. So blieb das Handwerk in der Familie. Gangerls Vater war Totengräber und sein Großvater auch. Und der Vater des Großvaters und dessen Vater. In seiner Familie ging das Amt Generationen weit zurück. Die Söhne beerbten ihre Väter, genau wie bei den Bauern, nur dass es bei den Totengräbern nichts zu erben gab.

Gangerl blickte hinüber zum Grab seines Vaters. Der lag ein paar Schritte weiter Richtung Kirche. An seiner Seite ruhte die Mutter. Beide waren sie friedlich und im hohen Alter innerhalb einer einzigen Woche entschlafen. Acht Jahre müsste es nun auch bereits wieder her sein, dass er ihnen die Grube ausgehoben hatte. Ihm kam es vor, als sei es gestern gewesen.

Gleich neben den Eltern das Grab der Familie Seidel. Magdalena, die Mutter der Seidel-Schwestern, war mit dem Buben vom Blitz erschlagen worden. Korbinian, der Vater, hatte seine drei Töchter danach allein großgezogen, bis er schließlich vor ein paar Jahren vom Frieselfieber dahingerafft worden war. Jetzt bewirtschafteten Walburga, Therese und Katharina den Hof allein.

Wenn Gangerl so darüber sinnierte, dann waren die schönsten Beerdigungen immer die, bei denen der Tod in voller Tragik zugeschlagen hatte. Bei Magdalena Seidel und dem Buben, da waren die Leute von überallher gekommen. Anschließend beim Leichenschmaus war das Bier in Strömen geflossen, bis schließlich ein jeder mit einem Rausch nach Hause gegangen war. Zu einer gescheiten Leich gehörten Tränen der Trauer über den Verlust, Tränen der Freude über die gemeinsame glückliche Zeit und Tränen der Erleichterung, dem Tod noch einmal ausgekommen zu sein.

Gangerl schnäuzte sich und machte sich wieder an die Arbeit. Während sich die Grube langsam mit Erde füllte, dachte er an Mare. Wenn einer kaum Anverwandte und auch nichts zum Vererben hatte, da konnte so eine Beerdigung eine recht ernüchternde Sache sein. Hingegen für eine Hungerleiderin wie sie war es eine recht ordentliche Leich gewesen. Es waren viel mehr gekommen, als Gangerl gedacht hatte. Daran hatte mit Sicherheit das Gerede seinen Anteil gehabt. Schließlich erstickt nicht jeden Tag einer an einem Stück Geräuchertem, und das inmitten der Fastenzeit.

Unter all denen, die sich darüber das Maul zerrissen, tat sich die Grieserin, die Leichenbesorgerin, besonders hervor. Im ganzen Ort erzählte sie herum, dass sie die Mare keine zwei Tage vor ihrem Ableben noch gesehen hatte. »Guter Dinge ist sie gewesen, und die Gasse ist sie entlanggesprungen wie ein junges Dirndl.« Aber, wie die Grieserin weiter ausführte, seien die Wege des Herrn unergründlich, und am übernächsten Tag lag die Mare, die arme Sünderin, tot und steif auf ihrem Strohsack. Einer Nachbarin, die im Laufe des Tages mehrmals am Häusl vorübergegangen war, waren das verhängte Fenster und das jämmerliche Blöken der Geiß aufgefallen. Das Tier hatte vor lauter Hunger und Durst ganz gottserbärmlich geschrien, und wie die Nachbarin dann in die Stube hinein ist, um nach der Mare zu sehen, da hat sie sie gefunden. Selbst der Grund für ihr überraschendes Ableben war schnell aufgedeckt, lag doch ein Stück Rauchfleisch auf dem Tisch. »Den Herrgott kann man nicht betrügen. Da hilft es auch nicht, wenn man sein Antlitz mit einem Hadern verhängt.«

Dem Gangerl ging das ganze Gerede gegen den Strich. Freilich kam selbst er der Ratscherei nicht aus. Auch ihm hatte die Grieserin, als sie ihn wegen der Beerdigung aufsuchte, alles in aller Ausführlichkeit erzählt. Und mit einem Seufzer, der ein wenig zu lang und zu theatralisch gewesen war, hatte ihm die Leichenbesorgerin vorgejammert, dass nun, wie immer in solchen Fällen, alles an ihr hängen geblieben war. Sie hatte sich um den Leichnam kümmern müssen, hatte ihn waschen und für die Aufbahrung ankleiden müssen. Selbst das Ausrufen der Beerdigung hatte die Grieserin übernehmen müssen. Straßauf und straßab sei sie gelaufen, die Füße hätten ihr noch zwei Tage danach gebrannt. »Es wäre nur recht und billig gewesen, wenn die Armenkasse für einen Leichenausrufer gezahlt hätte. Aber in der Gemeinde sind alles Pfennigfuchser«, empörte sie sich.

Als Gangerl die Mare zur Beerdigung abgeholt hatte, hatte auch er sich einer gewissen Neugier nicht entziehen können. Ganz nah war er an sie herangegangen, um sie genauer anzusehen. Friedlich und mit sich im Reinen hatte sie auf ihrem Totenbrett gelegen. Alle Mühe und alles Leid des Alltags waren von ihr abgefallen. Die Grieserin hatte der Mare einen Kranz aus Rosmarin um die Stirn gebunden. Dessen Duft vermischte sich mit dem süßlichen Geruch, der allen Toten anhing. An Mares Wange fielen dem Gangerl zwei kleine Kratzer auf, und auch die eine Hand sah seltsam verschoben aus. Gangerl wunderte sich. Wenn sie ein Geräuchertes in die falsche Gurgel bekommen hatte und daran erstickt war, müsste das Gesicht dann nicht blau und verschwollen aussehen, ganz so wie bei einem, der sich aufgehängt hat? Nur was ging es ihn an? Es war nicht seine Sache.

Dennoch ließ es ihm keine Ruhe. Gangerl schaufelte etwas schneller. Wenn er sich beeilte, konnte er noch zum Leichentrunk ins Wirtshaus gehen. Vielleicht würde er dort mehr erfahren.

Barbara Reisinger ging müde Stufe für Stufe die steile Stiege hinauf in ihre Kammer über dem Stall. Ihre Beine fühlten sich an wie Blei. Vor Sonnenaufgang war sie dieselbe Treppe hinuntergestiegen. Wie an jedem Morgen in den letzten sechs Monaten hatte in der Küche eine dünne Suppe und ein Kanten Brot zum Einbrocken bereitgestanden. Sie hatte den letzten Bissen noch nicht hinuntergeschluckt, da stand Barbara bereits auf, um die Gaststube herzurichten. Der Rest des Tages war angefüllt mit Brotzeiten und Suppen, die zu den Gästen gebracht werden mussten, und mit unzähligen Bierkrügen, die über die Gasse oder in die Stube verkauft wurden. Volle Gläser und Teller bringen, leere wieder abräumen, die Tische abwischen, den Kachelofen heizen, Holz und Kohle aus dem Keller holen. Wann immer Zeit dafür war, die Gaststube wischen, denn die Leute brachten ständig Schmutz von draußen mit herein. Dann gab es Hühner und Enten, die versorgt werden mussten, die Schweine in ihrem Kobel im Hinterhaus, der auch ausgemistet werden musste. Das alles gehörte zu Barbaras Aufgaben. Zwischendurch schlang sie hastig einen Teller Suppe oder eine Scheibe Brot hinunter, misstrauisch beäugt von der Schwarzfischerin, der Wirtin: »Die Gäste gehen vor! Du wirst fürs Arbeiten bezahlt und nicht fürs Rumlungern!«

Die Gäste, das waren hauptsächlich Beamte und Handwerker. Hin und wieder Studenten und Reisende. An den Markttagen war in der Wirtschaft immer besonders viel zu tun, da kamen die Händler und auch die Bauern der Umgebung in die Stadt. Wenn es ums Trinkgeld ging, waren die einen ebenso knausrig wie die anderen. Und nach dem dritten Bier waren alle Männer ohnehin gleich. Ein jeder glaubte dann, er wäre unwiderstehlich und Bedienungen wären leicht zu haben.

Auch heute hatte Barbara einigen auf die Pratzen geschlagen, damit sie ihre Hände bei sich behielten. Wenn man sich wehrte, war man gleich die »Gschnappige«, die, die »sich nicht so haben soll«. Aber da waren die Männer bei Barbara an der falschen Adresse. Sie war nicht von Loisenried nach Nittenau gegangen, um sich hier auf Dauer als Schankweib durchzubringen. Da hätte sie auch beim Zapfwirt in der Dorfschänke bedienen können. Es war auch nicht so, dass sie einem Verehrer abgeneigt war. Wenn er Geld hatte, warum nicht? An das Verliebtsein und die Liebe glaubte

Barbara nicht. Ein schöner Traum, der jedoch viel zu schnell verflog. Und am Ende blieb man mit einem Kind zurück. Sie hatte diesen Fehler schon einmal begangen. Und auch wenn sie die Gustl liebte, ein weiteres Mal würde sie sich kein Kind anhängen lassen. Die nächste Beziehung musste etwas Dauerhaftes und Gescheites sein. Ein Mann mit Geld. Einer, der sie versorgen konnte. Aussehen und Alter waren nebensächlich, Hauptsache, die Finanzen stimmten. Wenn man sich beizeiten, solange man jung war, nicht umsah, dann blieb man auf der Strecke. In der Stadt noch schneller als auf dem Dorf. Barbara wollte nicht wie eine der Straßendirnen enden, die sich zu später Stunde zum Aufwärmen an den Tischen in der Ecke neben dem Kachelofen niederließen, bis sie wieder auf die Straße gescheucht wurden oder einen gefunden hatten, der ihnen eine Suppe oder ein Bier bezahlte.

Sie wollte etwas anderes, ein richtiges Leben.

In ihrer Bettstatt unter dem Pfühl hatte Barbara eine kleine hölzerne Schachtel versteckt. Darin waren alle ihre Ersparnisse. Wenn sie nachts in ihrem Bett lag, konnte sie das Kästchen spüren. Hart und unbequem drückte es gegen ihren Körper. Aber das machte ihr nichts. Solange Barbara es spürte, wusste sie, dass alles noch da war, und konnte von der Zukunft träumen.

Als der letzte Gast gegangen war, hatten sich die Wirtsleute wie jeden Abend mit den Tageseinnahmen in die Stube hinter der Kuchel verzogen. Barbara hatte den Schankraum aufgeräumt, gewischt und war danach endlich die steile Treppe hinauf in die Kammer gestiegen. Ehe sie sich bettfertig gemacht hatte, hatte sie ihr Trinkgeld in die kleine Holzschachtel gelegt. Und nachdem sie sich in der Schüssel in der Ecke des Zimmers gewaschen hatte, konnte sie zu Bett gehen. Sie streckte sich, dehnte alle Glieder. Das Plumeau war zu kurz, mit den Füßen stieß sie gegen die hölzerne Bettstatt. Die Tage wurden zwar länger und wärmer, doch der Verschlag, in dem ihr Bett stand, war zugig und kalt. Sie zog die Decke hoch, bis nur die Nase und die Augen herausschauten, und blickte hinüber zur kleinen Giebelluke. Durch sie konnte Barbara in den Nachthimmel sehen. Der war übersät mit Sternen, winzig kleine Punkte am dunklen Firmament.

Es war schön, in einem eigenen Bett liegen zu können, selbst wenn es zu kurz war und Barbara sich wie eine Katze auf der Ofenbank zusammenrollen musste. Auf der Strohunterlage lag ein mit Federn gefülltes Pfühl und darüber ein Plumeau. Selbst wenn die Kiele der Federn manchmal durch das Inlett stachen, war es dennoch tausendmal besser als daheim. Im Häusl ihrer Eltern gab es nur einen schäbigen Strohsack, und alle haben sich ein Bett teilen müssen. In den kalten Nächten wärmten sie sich gegenseitig.

Daheim, da war die Kuchel, rußig und klein. Das war der Brunnen vor dem Haus und der alte Ganter, der sie immer in die Waden zu beißen versuchte, wenn sie mit dem Kübel voller Wasser vorbeiging. Ihre Beine waren übersät mit blauen Flecken von seinen Attacken. »Mit einem solchen Ganter, da braucht einer keinen Hund, der aufs Sach aufpasst«, hatte die Mutter immer gesagt. Aber den Ganter hätte es auch nicht gebraucht, denn bei ihnen war eh nichts zu holen. Bis vor ein paar Jahren hatten sie wenigstens noch eine Kuh, und Barbaras Aufgabe war es gewesen, sie nach der Schule hinaus auf die Wiesen hinter dem Dorf zu führen. Als der Großvater krank geworden war, hatten sie die Kuh verkaufen müssen, um den Doktor zu bezahlen. Seitdem waren ihnen nur ein paar Geißen geblieben. Die gaben auch Milch. Der Stall lag gleich neben der Kammer, in der sie schliefen. Und neben dem Bett stand die Wiege mit der Gustl. Die Mutter war daran gewöhnt, einen Nachzügler im Haus zu haben. Ob es das eigene Kind, ein Pflegling oder die Enkelin war, war einerlei.

Der Großvater lag in der Stube neben der Feuerstelle. Sie hatten ihm ein Bett in der Ecke zurechtgemacht, damit er es warm hat. Halb sitzend, die

Augen geschlossen, vegetierte er vor sich hin. Sie konnte nie sagen, ob er schlief oder sich nur schlafend stellte. Wie all die Häusler vor ihm hatte er sich sein Lebtag abgerackert.

Nicht nur die Arbeit hatte ihn vorzeitig altern lassen: Der selbstgebrannte Schnaps hatte kräftig geholfen. Als ihn schließlich der Schlag niederstreckte, hatte das keinen verwundert. Ausgemergelt, mit weißem Haar und wenigen Zähnen, wippte er an den besseren Tagen langsam vor sich hin, wiegte sich wie ein Säugling im Arm der Mutter und brabbelte unverständliches Zeugs. Wenn er dann zwischen Sitzen und Liegen einschlief, sackte sein Kinn langsam ein wenig nach unten, und ein dünner Speichelfaden bahnte sich seinen Weg vom Mundwinkel hinab auf die Joppe.

Daheim, das war der kranke Großvater, das waren die Eltern, die sich den Rücken krumm machten, und zu viele Mäuler, die gefüttert werden mussten. Daheim, das waren Elend und Armut. Daheim, das waren von Mückenstichen übersäte und aufgekratzte Beine im Sommer und viel zu große Schnürstiefel mit blau gefrorenen Zehen im Winter. Stiefel, die nie trocken wurden. Daheim, das war nie ein Daheim gewesen. Die Not hatte es nicht zugelassen. Solange Barbara denken konnte, wollte sie fort, und jetzt, da sie weg war, ließ ihr Heim sie nicht los. Manchmal, wenn die Nächte klar und kalt waren, so wie heute, dann sehnte sie sich sogar ein klein wenig zurück.

Barbara setzte sich auf und zündete die Tranleuchte an, die auf dem Schemel neben dem Bett stand. Sie ging hinüber zur Truhe und holte eine bunte Schachtel hervor. Die war randvoll mit Zeitungsschnipseln, Billetts und allerlei anderem Krimskrams. Wenn sie trotz aller Müdigkeit nicht einschlafen konnte und die Gedanken kreisten, als hätten sie sich in einem Irrgarten verlaufen, dann öffnete sie die Schachtel und holte ihre kleinen Schätze heraus. Sah sich die Schnipsel aufs Neue an, legte die unwichtig gewordenen zur Seite und besah sich die anderen im Schein der Lampe. Das lenkte sie ab, und sie wurde müde. Meist konnte sie dann einschlafen.

Gleichwohl war es heute anders, denn heute war der Bichel zu Barbara ins Wirtshaus gekommen, und die Begegnung mit ihm ließ sie einfach nicht los.

Zuerst hatte Barbara ihn gar nicht erkannt. Sie war draußen im Hof bei den Enten und Hühnern gewesen und gerade erst in die Wirtsstube zurückgekommen. Sogleich beim Hereinkommen war ihr der scheele Blick der Wirtin aufgefallen. Die Barbara hatte ihr wieder zu viel Zeit draußen verbracht, Zeit, in der sie drinnen gefehlt hatte. Mit barschem Ton wies die Schwarzfischerin sie an, einen Teller mit Suppe in die Stube zu bringen. Der Gast würde bereits seit geraumer Zeit warten. Barbara zog den Kopf ein wie ein geschlagener Hund und erledigte, was ihr aufgetragen worden war.

Als sie den Teller auf den Tisch stellte, sagte der Mann: »Du bist doch eine von den Reisingern aus Loisenried?«

Für einen Moment stand Barbara ganz überrascht da. Sie wusste nicht, was sie tun oder sagen sollte, und so blieb sie stumm und wischte sich nur verlegen die Hände an ihrer Schürze ab.

»Kennst mich nicht mehr?«

Erst da sah sie sich den Mann genauer an.

Er lächelte freundlich. Das Gesicht kam ihr bekannt vor. Ehe sie wusste, woher, sagte der Fremde: »Ich bin's, der Bichel.«

Und dann fiel es Barbara wieder ein. Die Frau des Bichel war über unzählige Ecken mit ihrer Mutter verwandt. Der Bichel hatte auf den Hof in Regendorf eingeheiratet. Eine Liebesheirat soll es gewesen sein. Barbara hatte ihn vielleicht zweimal in ihrem Leben gesehen. Einmal bei der Beerdigung ihrer Großmutter und ein weiteres Mal, allerdings war das auch schon eine halbe Ewigkeit her. Sie konnte sich dunkel erinnern, dass sie neben der Mutter vor dem Häusl gestanden hatte, als der Bichel mit seiner Frau auf einem Wagen angehalten hatte. Der Barbara waren die schönen Kleider der

Bichlerin in Erinnerung geblieben. Sie hatte eine gestickte Haube getragen, so eine hatte Barbara noch nie gesehen. Und da waren die Ohrringe und die silbern glänzende Kette, die schwer über dem Spenzer gehangen hatte. Barbara selbst war sich so armselig vorgekommen, wie sie da barfuß neben der Mutter vor dem Grand im Hof stand. Nachdem sich der Bichel und seine Frau eine Weile mit der Mutter unterhalten hatten, waren sie weitergefahren.

Und nun saß der Bichel bei ihr im Wirtshaus und fragte sie, ob sie sich an ihn erinnern konnte. Sie nickte. Er wollte wissen, ob der Vater immer noch als Tagelöhner im Holz arbeitete und wie es der Mutter ginge, ob noch immer so viele Kinder im Haus seien. Und hierauf erzählte er ihr, als er das letzte Mal bei ihnen vorbeigeschaut hatte, da habe es nur so gewimmelt von all den Kindern. »Selbst in den Bäumen sind sie gesessen, wie die Eichhörnchen.« Und dabei fuchtelte er mit den Armen in der Luft herum und machte seltsame Geräusche. Das Ganze sah so lustig aus, dass die Barbara zu lachen anfing. Sie erzählte ihm, dass nur noch ein Kind, die Gustl, und die Eltern mit dem Großvater im Häusl verblieben waren. Sie verschwieg ihm, dass die Gustl ihre Tochter war. Danach redeten sie noch über dieses und jenes, und Barbara vergaß darüber fast die Arbeit.

Er erzählte ihr, dass er viel herumkomme. Er handele mit Vieh und kenne sich darüber hinaus auch ein wenig mit der Heilerei aus. Und mit einem Blick zur Wirtin, die bereits misstrauisch zu ihnen herüberschaute, meinte er: »Die Stellung hier, die ist nichts für ein junges Mädchen. Ich meine, so ein hübsches und kluges, wie du es bist.«

Barbara spürte, wie sie errötete.

»Brauchst nicht rot werden«, sagte der Bichel und lachte. »Ich meine es ehrlich, und schließlich sind wir ja irgendwie verwandt, da ist es selbstverständlich, dass man sich unter die Arme greift.« Vielleicht könne er ihr zu einer besseren Stellung verhelfen. Einer, bei der sie sich nicht ganz so abrackern müsse.

Sie sagte ihm, dass sie bis Johanni gebunden sei, vorher könne sie nicht wechseln. Danach sei sie nicht abgeneigt, es zu versuchen. Was hatte sie zu verlieren? Viel mehr arbeiten, als sie es jetzt tat, würde sie auch in einer neuen Stellung nicht müssen.

»Abgemacht.« Er streckte ihr die Hand entgegen, und sie schlug ein.

Am Tag nach Johanni, so vereinbarte sie es mit dem Bichel, würde sie hinübergehen zu ihm und seiner Frau. Er versprach ihr, sich bis dahin umzuhören, und fügte hinzu, ob sie denn, sollte das mit der Stellung nicht klappen, an einem Hochzeiter interessiert sei. Er wüsste da einen, der sei zwar etwas älter, aber ganz gut gestellt. Die Barbara lachte verlegen, schließlich meinte sie, auch darüber könne man reden.

Barbara dachte bei sich, wenn sie zum Bichel nach Regendorf ging, könnte sie einen Umweg über Loisenried machen. Vom Schwarzfischer in Nittenau bis zum Haus der Eltern waren es, wenn man schnell ging, gute viereinhalb Stunden, und von dort nach Regendorf noch einmal fünfeinhalb, wenn nicht mehr. Aber der Umweg würde sich lohnen. So würde sie sehen, wie es der kleinen Gustl ging.

Barbara räumte den Krimskrams wieder in die Schachtel. Über das ganze Sinnieren hatte sie die Zeit vergessen. Sie löschte das Licht, und wenig später war sie bereits eingeschlafen.

Die Wochen vergingen, und an Johanni packte Barbara in aller Frühe ihr Bündel zusammen. Der Bichel hatte Wort gehalten. Durch den Hansl, den Laufburschen, hatte er ihr vor einer guten Woche ausrichten lassen, er habe eine Stellung für sie gefunden. Eine, bei der sie einen guten Lohn für ihre Arbeit bekäme. Wenn sie sich richtig anstelle, woran der Bichel nicht zweifle, sei ihre Zukunft gesichert.

Barbara fragte Hansl, ob ihm der Bichel nichts Genaueres mit auf den Weg gegeben habe. Wohin sie sich in Stellung begeben solle? Und was für eine Stelle es sei? Hansl zuckte nur mit den Schultern. Er könne ihr nicht mehr sagen. Nur eines noch: Sie soll ihre schönsten Kleider einpacken und was sie sonst noch habe. Wenn sie zu ihm komme, würde er, der Bichel, ihr alles genau erklären. Die Stelle sei ein wirklicher Glücksfall. So eine Chance böte sich nur einmal, und darum könne er nicht mehr verraten. Sie, die Barbara, solle sich nur wie vereinbart am Tag nach Johanni bei ihm einfinden.

Noch in derselben Stunde war Barbara zur Schwarzfischerin gegangen, um ihr zu sagen, dass sie ihre Stellung aufkündigen werde. Die Wirtin war alles andere als glücklich darüber, und so wurden die letzten Tage die schwersten. Die Wirtsleute schikanierten Barbara, wo sie nur konnten. Diese war froh, als der Johannistag endlich kam. Am Morgen verrichtete sie noch ihre Arbeit, und gegen Mittag ließ sie sich ihren ausstehenden Lohn auszahlen. Das Geld verwahrte sie sicher bei den anderen Ersparnissen im hölzernen Kästchen.

Gleich danach nahm sie ihr Sach und machte sich auf den Weg nach Loisenried. Sie hatte die Strecke viel kürzer in Erinnerung. Zweimal legte sie Rast ein. Einmal an einem kleinen Weiher, ein weiteres Mal ließ sie sich am Waldrand nieder. Dort ruhte sie sich ein wenig aus, aß einen Kanten Brot und ein paar Beeren, die sie auf der Lichtung fand, ehe sie weiterzog. Ein Stück des Weges konnte sie auf einem Fuhrwerk mitfahren. Dennoch war es längst Abend, als Barbara am Häusl der Eltern ankam. Die freuten sich, sie zu sehen, bis spät in die Nacht hinein saßen sie beieinander. Es gab so viel zu bereden, keiner wollte zu Bett gehen.

Am nächsten Morgen half Barbara der Mutter, den Großvater zu versorgen. Auch mit der Gustl konnte sie ein wenig Zeit verbringen. Sie spielte mit ihr, herzte und drückte sie, und kurz darauf war es an der Zeit aufzubrechen. Die Hälfte ihrer Ersparnisse ließ sie als Kostgeld für das Kind zurück. Danach packte Barbara alles zusammen. Für einen Moment überlegte sie, ob sie die Schachtel mit dem Krimskrams vielleicht bei der Mutter lassen sollte. Sie hielt kurz inne, dann entschied sie sich dagegen und legte sie zurück in das Bündel zum hölzernen Kästchen. Danach band sie sich ihr Tuch mit den roten und grünen Fransen um den Kopf und gab der Gustl zum Abschied einen Kuss auf die Wange.

Ihre Mutter ließ es sich nicht nehmen, Barbara ein Stück des Weges zu begleiten. Bis nach Regendorf würde sie einen halben Tag unterwegs sein. Als sie sich voneinander verabschiedeten, schärfte sie der Tochter ein, dass sie nicht vergessen solle, ihnen Bescheid zu geben, wo die neue Stellung sei und wie es ihr dort gefalle. Auch versicherte sie ihr, dass sie sich um die Gustl keine Sorgen machen müsse. Sie würden die Kleine hüten wie ihren Augapfel. Zum Abschied drückte die Mutter Barbara fest an sich. Sie hatte ein Gefühl, als müsste sie sie festhalten, und konnte sich zur gleichen Zeit nicht erklären, warum. Noch lange, als sie Barbara mit ihrem bunten Kopftuch längst aus den Augen verloren hatte, stand sie am Wegesrand und blickte in die Richtung, in die ihre Tochter gegangen war.

Der Bichel war nicht daheim, und auch seine Frau musste in dringenden Geschäften weg, wie sie der Barbara versicherte. Barbara könne hier vor dem Haus auf den Bichel warten, er würde sich bestimmt bald einfinden. Wenn er sie hierherbestellt habe, dann käme er auch. »Auf den Bichel ist Verlass, er hält sein Wort.«

Nachdem die junge Frau eine ganze Weile gewartet hatte und fast wieder gehen wollte, war der Bichel plötzlich da. Er begrüßte sie freudig, entschuldigte sich für die Verspätung. Auch erkundigte er sich sogleich nach den Eltern. Er fragte, ob es dem Großvater ein wenig besser ginge und wie die Dinge auch sonst im Häuslerhäusl standen.

Barbara gab gewissenhaft Auskunft, und auch diesmal erwähnte sie die Gustl mit keinem Wort. Sie wollte sich die Chancen auf eine Stellung nicht von vornherein durch ein uneheliches Kind zunichtemachen. Eine Frau mit einem Bankert hatte einen schlechten Leumund. Sie hatte die Erfahrung gemacht, je weniger die Leute wissen, desto besser.

So können sie sich auch das Maul nicht darüber zerreißen.

Nachdem alles über die Familie gesagt war, kam der Bichel zum Geschäftlichen. »Es trifft sich gut, dass du pünktlich hier erschienen bist. Du wirst staunen, was für eine außerordentliche Stellung ich für dich gefunden habe«, sagte er mit einem freundlichen Lächeln und rieb sich dabei die Hände. »Der neue Dienstherr ist ein ganz nobler Mann. An eine solche Arbeit kommt man nicht alle Tage, das kann ich dir versichern. Wie es der Zufall will, hat er in der Gegend zu tun, wir müssen uns somit nicht auf den Weg zu ihm machen. Du musst dich nur ein Weilchen gedulden. Er hat mich wissen lassen, dass er herüberkommt, sobald seine anderen Geschäfte erledigt sind. Wenn alles passt und ihr beide euch handelseinig werdet, ist dir die Stelle sicher, und du schläfst heute Nacht schon unter dem Dach deines neuen Herrn. Ich hoffe, du hast für den Fall der Fälle vorgesorgt und dein Sach gleich mitgebracht?«

Barbara hatte alles dabei, das Dienstbuch und auch den einen oder anderen Brief, der ihr von ihren früheren Arbeitgebern mitgegeben worden war. Sie wollte in das Bündel greifen und dem Bichel alles zeigen, damit er sieht, dass alles seine Richtigkeit habe. Zu ihrer Verwunderung war der aber daran gar nicht interessiert. Mit einer Handbewegung gab er ihr zu verstehen, dass sie ihm die Sachen nicht zeigen musste.

»Ich glaub dir auch so. Ich kenne dich als anständiges, arbeitsames Mädchen. Bei dir ist alles in bester Ordnung. Da habe ich keine Zweifel. Hätte ich die, hätte ich mich nicht so sehr für dich verbürgt, das kannst mir glauben. Schließlich habe auch ich einen Ruf zu verlieren. Wenn ich Gesindel vermittle, will keiner mehr mit mir Geschäfte machen. Denk dran bei allem, was du tust, es fällt immer auch auf mich zurück.«

Barbara nickte stumm, und der Bichel fuhr fort. »Jetzt wirst ganz blass, du musst keine Angst haben. Du wirst sehen, es ist eine formidable Stelle. Eine bessere wirst du kaum finden. Wenn du dich gut anstellst, fleißig bist und dich bewährst, kannst du dein Glück machen. Du kannst mir vertrauen, oder hast du jemals gehört, dass ich einen Schmarren erzähle?«

Barbara schüttelte eingeschüchtert den Kopf. Es war gut gewesen, die Gustl mit keiner Silbe zu erwähnen, auch wenn es ihr im Herzen leidtat. Wenn die Stelle auch nur halb so gut war, wie der Bichel sie anpries, konnte sie mehr als zufrieden damit sein. An ihr sollte es nicht liegen, sie würde sich anstrengen. Der Bichel war bekannt dafür, ein ehrlicher Mann zu sein. Sie hatte sich nach ihm erkundigt, ehe sie hierhergekommen war. Sie war kein junges, dummes Ding, das einem jeden vertraute. Verwandtschaft hin oder her. Dabei war ihr aufgefallen, dass selbst die ewigen Nörgler, die immer ein Haar in der Suppe fanden, sich zurückhielten. Unter all jenen, die sie gefragt hatte, waren nur drei, die etwas auszusetzen hatten: Einer hatte bemerkt, dass die Augen des Bichel stets gefühllos und kalt waren, selbst wenn er lächelte. Ein anderer meinte, der Bichel habe die Gabe, fast lautlos aufzutauchen und auch wieder zu verschwinden. Und ein weiterer gab an, der Bichel könne an mehreren Orten zugleich sein. Aber das war alles dummes und abergläubisches Geschwätz.

Alle, die den Bichel besser kannten und Geschäfte mit ihm gemacht hatten, lobten ihn über den Schellenkönig. Wenn er auf einer Hochzeit eingeladen war, würde er die Gesellschaft den ganzen Abend unterhalten. Er kannte eine Geschichte zu fast jedem Anlass, egal ob es ein trauriger oder ein lustiger war. Er sei ein feiner Mensch, der half, wo er nur konnte, und keiner, nicht ein Einziger, hatte sich jemals darüber beklagt, dass er ihn übers Ohr gehauen hätte. Dennoch hatte Barbara ein seltsames Gefühl. Sie konnte es nur nicht greifen.

»Magst nicht reinkommen? Drinnen lässt es sich besser warten.« Der Bichel lächelte sie freundlich an. Er hielt ihr die Hand hin, als wäre sie eine feine Dame und er der Galan, der ihr aus der Kutsche half. Er gab selbst einer Schankdirne wie ihr das Gefühl, etwas Besonderes zu sein.

Barbara nahm ihre Habe und folgte ihm in die Stube. Dort bot er ihr einen Platz am großen Tisch in der Ecke an. Ihr Bündel könne sie auf die Bank unter dem Fenster legen. Sie solle sich kurz gedulden, er sei gleich wieder da.

Barbara sah sich in der Stube um. Es war ein großer, schön möblierter Raum, in dessen Mitte ein kleines Tischchen mit Einlegearbeiten stand. Der Boden war aus schweren Eichenbrettern. Der Bichel war gut gestellt, das war nicht die Stube armer Leute. Und selbst bei den Bessergestellten musste einer lange suchen, um ein solches Zimmer zu finden. Alles war vom Feinsten, nur das Kruzifix im Herrgottswinkel sah kümmerlich aus. Da hatten sie daheim im Arme-Leut-Häusl ein prächtigeres hängen.

Der Bichel kam mit einer Karaffe und zwei Gläsern zurück.

»Hier, magst auch einen? Der Wacholderwein meiner Frau ist ganz besonders. Sie wartet immer die ersten beiden Frostnächte ab.

Er stellte das Glas vor Barbara auf den Tisch. Es war schön, aus blauem böhmischem Glas mit weißer und goldener Verzierung. Barbara hatte noch nie aus einem solchen Glas getrunken. Der Bichel füllte es bis zur Hälfte. Der Wein war rötlich braun, und von der Konsistenz her hatte er etwas Sirupartiges. Der Beerenwein, den sie kannte, war nicht so dunkel. Als hätte der Bichel ihre Gedanken gelesen, erzählte er ihr, dass die Beeren, die gleich hinter dem Haus wuchsen, von einer ganz besonderen Sorte seien. Barbara solle nur kosten, dann würde sie es allemal merken. Seine Frau gebe auch allerlei Gewürze dazu. Zimt und Muskat und auch Nelken. Auch er schenkte sich ein Glas ein und prostete Barbara zu.

»Auf deine Gesundheit und auf deine neue Stelle! Du musst es in einem Zug leeren. Prost!« Er hob sein Glas und lächelte.

Barbara setzte an und leerte das Glas. Der Wein schmeckte zuerst süß, doch hatte er einen herben Nachgeschmack. Ihr Mund fühlte sich trocken und bitter an. Sie verzog ihr Gesicht, und das brachte den Bichel zum Lachen.

»Da, trink noch einen. Der Wein ist gut für den Magen. Du wirst sehen, der zweite schmeckt viel besser.« Ehe Barbara ablehnen konnte, hatte er ihr Glas erneut gefüllt. »Prost!«

Und obwohl ihr der Wein so gar nicht geschmeckt hatte, leerte Barbara auch dieses Glas. Sie wollte nicht unhöflich sein.

Die Wirkung setzte sogleich ein. Der Trank machte den Kopf schwer. Um Barbara herum begann alles zu verschwimmen. Es war, als wäre sie in einem Traum. Die Stube versank in einem seltsam leuchtenden Nebel. Der Bichel erschien ihr einmal ganz nah und gleich darauf wieder fern. Sie wollte ein wenig an die frische Luft gehen. Sie glaubte, die würde ihr guttun. Sie wollte aufstehen, allein es gelang ihr nicht. Sie fragte den Bichel, was mit ihr sei, warum sich seine Stimme so weit weg anhöre?

Er sagte ihr, das würde vergehen.

Sie fragte ihn, warum sein Glas immer noch voll vor ihm stehe, warum er den Wein nicht getrunken habe?

Der Bichel blieb ihr die Antwort schuldig. Er saß nur da und lächelte sie an.

Auch wenn die Welt um sie herum zu versinken schien, so fühlte Barbara sich in all dieser Benommenheit gut. Sie lehnte sich in ihrem Stuhl zurück, schloss die Augen und lauschte. Sie konnte hören, wie der Bichel aufstand und durch die Stube ging. Sie konnte hören, wie er eine Schublade öffnete und wieder schloss. Und sie konnte hören, wie er zu ihr herüberkam. Sie vernahm das Rascheln seines Gewandes und das vorsichtige Aufsetzen seiner Füße bei jedem seiner Schritte. Er war darauf bedacht, möglichst keinen Lärm zu machen. Doch ihre Sinne waren geschärft, sie konnte jedes noch so leise Geräusch wahrnehmen. Sie hörte ihn schnaufen und spürte seinen Atem in ihrem Nacken. Die Zeit schien sich bis ins Unendliche zu dehnen.

Sie glaubte, ihr eigenes Herz und die Herzen der ganzen Menschheit auf einmal schlagen zu hören. *Bubum. Bubum.* Dieser Chor beruhigte sie, alle Furcht und alle Last des Lebens fielen von ihr ab. Sie war erfüllt von einer Glückseligkeit. Es war ihr, als wäre sie eins mit der Welt.

Den Stich in ihr Herz nahm sie kaum wahr, und auch nicht den Schlag gegen den Kopf, als sie im Fallen gegen die Bank stieß.

Die Wochen vergingen, und als sie an Mariä Himmelfahrt noch keine Nachricht von Barbara erhalten hatten, fingen ihre Eltern an, sich Sorgen zu machen. Und nach einem weiteren Monat ohne einen Brief wussten sie weder ein noch aus. Gemeinsam beschlossen sie, dass Peter Reisinger so bald wie möglich von Loisenried hinüber nach Regendorf gehen sollte, um mehr über den Verbleib der Tochter in Erfahrung zu bringen.

Reisinger stieg den kleinen Hügel hinauf zum Bichelhof. Es war ein schönes Anwesen, nicht zu klein und nicht zu groß. Mit einem an das Haus angebauten Stall und einem Stadel nicht weit davon entfernt. Auf der Wiese pickten Hühner, und in der Mitte des Hofes, zwischen dem Haus und dem Stadel, war auf einem Pfahl ein Taubenhaus angebracht.

Von einem solchen Sach konnte Reisinger nur träumen. Bei ihm zu Hause war alles eng und dunkel. Eine Finsternis, die selbst im Sommer nur für zwei Stunden weichen wollte. Hier hingegen war alles hell und weit. Das milde Licht des Spätsommers ließ die ersten Blätter an den Bäumen golden glänzen. Was musste es für ein Glück sein, in so einem Haus leben zu dürfen? Für einen kurzen Moment sah er sich und die Seinen, wie sie an einem Ort wie diesem ihr Tagwerk verrichteten. Der Tagtraum hätte ihn fast vergessen lassen, warum er sich auf den weiten Weg von Loisenried herübergemacht hatte.

Vor dem Haus lag ein prächtiger Garten. Darin eine Frau, die ganz in ihre Arbeit vertieft zu sein schien. Hin und wieder stützte sie sich auf ihrer Harke ab, danach bückte sie sich und verschwand fast zwischen all den Blumen und Kräutern. Reisinger nahm an, dass es sich um die Bichlerin handeln musste. Sie hatte ihm den Rücken zugewandt, darum hatte sie ihn auch nicht kommen sehen. Erst als der Ganter in seinem Verschlag zu kreischen anfing, hielt die Bichlerin inne. Sie richtete sich auf und blickte in seine Richtung. Reisinger rief ihr sogleich ein »Grüß Gott« entgegen, und als er nach wenigen Schritten am Zaun angelangt war, stellte er sich vor. Er sagte, dass er der Mann ihrer Base aus Loisenried sei. Die Bichlerin, die sich nicht von der Stelle gerührt hatte, blickte ihn fragend an. Reisinger sah sich gezwungen, seinen Namen abermals zu nennen, und um ihrem Gedächtnis auf die Sprünge zu helfen, erzählte er ihr, dass sie, auch wenn es ein paar Jahre her war, mit ihrem Mann, von einer Hochzeit kommend, bei ihnen am Häusl angehalten habe. Erst da erschien es dem Reisinger, als ob die Bichlerin ihn erkannte. Sie legte die Harke beiseite, wischte sich die Hände an der Schürze ab und kam auf ihn zu. Wie sie so keine Armlänge von ihm entfernt am Zaun stand, konnte er sie zum ersten Mal genauer sehen.

Die Bichlerin war eine große, eine stattliche Frau. Und auch wenn sie die vierzig überschritten haben musste und die Arbeit auf dem Hof bestimmt nicht leicht war, so hatte sie sich in ihrem Antlitz etwas Jugendliches erhalten. Sie lächelte freundlich, und unter dem Tuch auf ihrem Kopf lugte eine goldfarbene Strähne hervor. Reisinger erkundigte sich bei der Bichlerin nach deren Mann. Er erklärte ihr, er sei von Loisenried herübergekommen, um diesen nach dem Verbleib seiner Tochter, der Barbara, zu befragen. Ihr Mann habe seiner Tochter versprochen, ihr eine neue Stellung zu beschaffen. Aus diesem Grund sei sie gleich nach Johanni von zu Hause fortgegangen. Seitdem hätten sie nichts mehr von ihr gehört, und seine Frau und er machten sich nun Sorgen, weil das so gar nicht zu ihrem Kind passe.

Die Bichlerin meinte, so leid es ihr auch täte, sie könne ihm in dieser Sache nicht weiterhelfen. Ihr Mann, der darüber bestimmt Bescheid wisse, sei unterwegs.

»Es ist nicht unüblich, dass Leute auf der Suche nach Arbeit hier vorbeikommen. Der Bichel ist bekannt dafür zu helfen, wann immer es ihm möglich ist. Ich kann mich nicht an jeden Einzelnen erinnern, aber wenn er deiner Tochter eine Stelle zugesagt hat, hat er sein Versprechen gehalten.« Der Reisinger müsse sich da keine Sorgen machen.

Die Bichlerin wollte sich wieder ihrer Arbeit zuwenden, hingegen der Reisinger ließ nicht locker. Er fragte sie, fast flehentlich, ob sie sich nicht an Barbara erinnere, und beschrieb sie so gut es ihm möglich war. Er erzählte von ihrem dicken braunen Haar und von der kleinen Narbe, die sie am Kinn hatte. Und auch von dem bunten, mit roten und grünen Fransen versehenen Tuch, das sie sich an diesem Tag um den Kopf gebunden hatte. »Sie hatte ihre schönsten Kleider angezogen, um einen guten Eindruck zu hinterlassen.«

»Ein buntes Tuch, sagst du? Warte, ich glaube, mich an eine Frau zu erinnern. Sie hat das Kopftuch nach französischer Art getragen, so wie es jetzt alle jungen Frauen machen. Ich selbst habe sie nur kurz gesehen, da ich an dem Tag zu Verwandten nach Wöhrhof hinüber wollte.«

Die Bichlerin erzählte weiter, sie habe der jungen Frau angeboten, dass sie sich auf die Bank vor das Haus setzen könne, um dort auf den Bichel zu warten. Sie habe sich in der Zwischenzeit fertig gemacht und sei los, ehe ihr Mann zurück war. Auch sei sie an diesem Tag nicht nach Hause gekommen, sie habe drüben bei den Verwandten übernachtet. Die Frau ihres Oheims habe wenige Tage zuvor zum ersten Mal entbunden, und ihr, der Bichlerin, war die Ehre zuteilgeworden, als Godin auserwählt zu werden. Sie und ihr Mann hätten keine eigenen Kinder. Die junge Mutter habe sie gebeten, sich bereits am Tag vor der Taufe einzufinden. »Sie war so besorgt, der Säugling könne, ehe er das Sakrament empfangen hat, von dunklen Mächten gegen einen Wechselbalg vertauscht werden. Die ganze Nacht bis zum nächsten Morgen bin ich im Zimmer gesessen und habe Wache gehalten. Ich hatte sogar ein Fläschchen mit geweihtem Wasser dabei, denn wie ein jeder weiß, in einen mit Weihwasser besprengten Raum wagt sich auch der Teufel nicht hinein.« Erst nachdem der Täufling am nächsten Tag das Sakrament durch den Priester erhalten habe, sei sie wieder nach Hause gegangen.

Über das Gesicht der Bichlerin huschte ein Lächeln. »Als ich zurückkam, war mein armer Mann gerade dabei, die Stube aufzuwischen. Ihm war ein voller Krug mit Milch entglitten und so unglücklich gefallen, dass der Krug sofort in tausend Scherben zersprungen war. Er hat darauf bestanden, dass ich vor dem Haus warte, bis er mit dem Aufräumen fertig ist. Ich würde ohnehin tagein, tagaus arbeiten, da könne er, wenn ihm ein Missgeschick widerfahre, die Sache auch selbst in Ordnung bringen. So ein guter Mann ist der Bichel.« Über die junge Frau könne sie dem Reisinger leider nichts sagen, die sei längst fort gewesen, und sie habe ihren Mann auch nicht nach ihr gefragt. Jedoch wenn der Reisinger warten möchte, ihr Mann wisse sicherlich mehr.

Die Bichlerin bot dem Reisinger an, auf derselben Bank vor dem Haus Platz zu nehmen, auf der auch die Barbara gesessen hatte. »An klaren Tagen kann man weit ins Land blicken, obwohl der Hügel, auf dem das Haus steht, nicht einmal so hoch und die Ortschaft nicht weit entfernt ist.«

Reisinger beschloss zu warten, und die Bichlerin stellte ihm sogar etwas zum Trinken und ein wenig Brot zur Stärkung bereit, ehe sie sich wieder an die Arbeit machte. Er rührte weder das Essen noch das Getränk an. Er saß auf der Bank, auf der vor drei Monaten seine Tochter gesessen hatte. Ihm fehlte der Blick für die Schönheit des Ortes. Er saß nach vorne gebeugt, den Hut mit beiden Händen vor den Knien haltend, und wartete auf den Bichel. Die Bichlerin hatte ihm gesagt, ihr Mann wollte eigentlich nur eine kleine Besorgung erledigen, es konnte also nicht mehr lange dauern, er würde bald kommen.

Und tatsächlich, der Reisinger hatte nicht lange auf den Bichel warten müssen. Auch musste er sich nicht erklären, der Bichel konnte sich sogleich an die Barbara erinnern. Mehr noch, er vermittelte den Eindruck, als würde es ihm eine Freude bereiten, über sie zu sprechen.

»Wegen deiner Tochter kommst? Die Barbara war hier, aber das ist eine Weile her. Lass mich nachdenken, es war am Tag nach Johanni.« Und mit einem Blick auf die Stärkung, die die Bichlerin dem Reisinger hingestellt hatte, meinte der Bichel: »Ich habe einen Hunger und einen Durst. Komm mit herein, du brauchst sicher genau wie ich eine richtige Brotzeit, nicht nur einen Krug mit Wasser und einen Kanten trockenes Brot.«

Auch wenn Reisinger den ganzen Tag nichts gegessen hatte und den Hunger spürte, war ihm nicht danach, das Angebot anzunehmen. Reisinger war als Bittsteller zum Bichel gekommen, und als solcher stand er mit dem Hut in der Hand und gesenktem Blick vor ihm. Sein Gegenüber besaß die joviale Art all jener, die immer mehr als genug zum Leben hatten. Einer wie der Bichel hat die Not nie gekannt oder sie lange vergessen. Ihm war das bange Gefühl fremd, nicht zu wissen, was man den Seinigen zum Essen auf den Tisch stellen sollte, ebenso wie der nagende Hunger bei Nacht und die verzweifelte Angst vor dem nächsten Morgen. Der Reisinger war ein Häusler, der sich ein Zubrot als Tagelöhner verdiente. Er war es nicht gewohnt, mit einem wie dem Bichel auf Augenhöhe zu sprechen. Verwandt oder nicht, er fühlte sich klein. Das freundliche Willkommen hatte ihm gutgetan, dennoch wusste er aus Erfahrung, dass man sich darauf nicht verlassen konnte. Zu oft hatte das Leben ihn gelehrt, dass die Stimmung all jener, die mehr Macht und Geld hatten, ohne jede Vorwarnung umschlagen konnte. Auch der Bichel ließ bei aller Freundlichkeit nicht den geringsten Zweifel daran, dass er der Herr war und der Reisinger der Diener.

Wenig später saßen die beiden dennoch am Tisch in der Stube. Der Bichel hatte am Kopfende Platz genommen, genau wie es ihm gebührte. Dort thronte er stolz und aufrecht, mit einem breiten Lächeln im Gesicht, während der Reisinger schüchtern und unsicher am anderen Ende hockte und sich an seinem Hut festhielt.

Die Bichlerin hatte ihre Arbeit im Garten beendet und trug ihnen allerhand Essen auf. Und während sich ihr Mann bediente, erkundigte er sich ausführlich nach den Anverwandten des Reisinger. Zwischendurch forderte er den Reisinger auf zuzugreifen. Allein dem war es, als wäre sein Hals zugeschnürt. Hatte er sich schon vor dem Haus bedrückt gefühlt, war dieses Gefühl nur schlimmer geworden, seitdem er die Stube betreten hatte. Es war ihm, als ob die Drud auf ihm sitzen und ihm die Luft zum Atmen nehmen würde. Er wusste nicht, warum, aber dieser Raum machte ihm Angst.

Der Bichel schien davon nichts zu bemerken. Er redete und redete und aß und aß, während der Reisinger auf seinem Platz immer mehr in sich zusammensank. Als das Gespräch endlich wieder auf die Barbara kam, war der Bichel voller Lob.

»Du kannst wirklich stolz sein, Reisinger. Die Barbara ist so ein hübsches und fleißiges Mädchen. Der neue Dienstherr war von ihr auch angetan.« Der Bichel erzählte, dass der die Barbara damals gleich in die Stadt mitgenommen habe. »Wie ich hörte, hat sie ihr Glück gefunden.«

Es tat dem Reisinger gut, von seiner Tochter zu hören, und eigentlich hätte es ihn beruhigen müssen. Doch dieses Gefühl stellte sich nicht ein. Er konnte nicht verstehen, warum Barbara so gar nichts von sich hatte hören lassen.

Der Bichel wischte die Sorgen mit einer Handbewegung beiseite. »Gräm dich nicht, dass du nichts von ihr gehört hast. So sind sie halt, die jungen Leut'. Sie wird in der Stadt viel zu tun haben. Du kannst mir glauben, es geht ihr gut. Sie hat es wunderbar getroffen.«

Als der Reisinger nachfragte, ob denn die Barbara keine Nachricht für ihn hinterlassen habe und wo er sie denn finden könne, meinte der Bichel: »Hast du denn den Brief nicht bekommen?«

Der Reisinger schüttelte den Kopf, er wusste nichts von einem Brief.

Und gleich darauf, ganz so, als wäre er von einem Blitz getroffen worden, schlug sich der Bichel mit der flachen Hand an die Stirn und rief aus: »Oh, mein Gott! Das ist meine Schuld!« Der Bichel bat den verwirrten Reisinger, dieser möge ihm verzeihen, er habe den Brief, den ihm die Barbara mitgegeben hatte, völlig in seiner Joppentasche vergessen. Nicht die Barbara war es, die nichts habe von sich hören lassen, ihm, dem Bichel, sei das Unverzeihliche unterlaufen: Er habe den Brief vergessen! Der Reisinger soll einen Moment hier sitzen bleiben, er werde gleich nach dem Schreiben suchen.

Der Bichel stand auf, rief nach seiner Frau und fragte sie, wo denn die Joppe sei, die mit den silbernen Knöpfen, und beide liefen sie hinaus, um danach zu suchen. Reisinger saß in der Stube, und zum ersten Mal schöpfte er ein wenig Hoffnung. Sie hatten Nachricht von der Tochter! Nun hatte er etwas, das er seiner Frau mitbringen konnte, und die wäre beruhigt. Er würde sich den Brief vorlesen lassen müssen, er konnte selbst an normalen Tagen kaum lesen, und jetzt war er viel zu aufgeregt.

Wenig später erschien der Bichel mit einem Brief in den Händen. In dem Moment, als er das Schreiben dem Reisinger über den Tisch zuschieben wollte, stieß er den Krug mit seinem Ellbogen um, und der Inhalt ergoss sich über das Schreiben. Reisinger sah hilflos zu, wie die Tinte langsam verschwamm. Dem Bichel war anzusehen, wie unangenehm die Situation für ihn war.

»Es tut mir so leid, dass ihr euch so gesorgt habt! Und das nur, weil ich alter Tor vergessen habe, euch das Schreiben zu bringen. Und jetzt ist es unleserlich geworden. Aber gräm dich nicht, denn ich kann dir sogar noch mehr erzählen, als in dem Brief zu lesen war.«

Und da erzählte der Bichel dem Reisinger, was er gehört hatte: Der Dienstherr, der die Barbara damals mitgenommen hatte, war ein Witwer mit drei kleinen Kindern. Die Barbara war eingestellt worden, um sich um die Kinder und den Haushalt zu kümmern. Allein der Mann war von dem fleißigen und auch schönen Mädchen so angetan gewesen, dass er sie geheiratet hatte. Der Bichel erzählte alles in einer Ausführlichkeit, dass es dem Reisinger war, als wäre er selbst dabei gewesen. Dabei schenkte er dem Reisinger einen Schnaps nach dem anderen ein, um auf das Wohl der Braut anzustoßen.

»Deine Barbara ist jetzt die Gattin eines städtischen Beamten. Du kannst stolz auf sie sein. Keiner in deiner ganzen Familie hat es so weit gebracht.«

Und als Reisinger sich nach der Adresse erkundigte und wissen wollte, ob er die Barbara nicht einmal besuchen konnte, da bekam der Bichel einen ganz besorgten Gesichtsausdruck.

»Sieh dich an … Nicht, dass du mich falsch verstehst, Reisinger. Ich mag dich, aber du kannst deiner Tochter ihr Glück nicht kaputt machen. Du glaubst wohl selbst nicht, dass sie in eine solche Familie hätte einheiraten können, wenn die gewusst hätte, dass die Barbara von einem Tagelöhner abstammt. Einem, der hinten und vorne nichts hat und bei dem die Not ein und aus geht. Du musst sie ziehen lassen. Ich verspreche dir, ich werde die Barbara besuchen, wenn ich das nächste Mal in der Stadt bin, und ich werde sie bitten, euch eine neue Nachricht zukommen zu lassen. Nur musst du mir versprechen, nein, schwören, bei allem, was dir heilig ist, nicht nach deiner Tochter zu suchen. Ich bitte dich, zerstör ihr Glück nicht.«

Der Bichel kam ganz nah an den Reisinger heran, zog einen goldenen Kreuzer aus seiner Rocktasche hervor und gleich danach einen weiteren.

»Die gebe ich dir, mein Freund. Hier, nimm die Kreuzer, denn durch meine Schuld habt ihr so lange ohne Nachricht ausharren müssen. Die Barbara ist jetzt eine feine Bürgersgattin. Sie ist nicht mehr das Kind eines Habenichts, das sich als Schankdirne durchbringen muss. Die Barbara trägt jetzt lange Röcke und feine Kleider. Sie hat jetzt selbst eine Dienstmagd, die ihr zur Hand geht.«

Der Reisinger sah die goldenen Kreuzer vor sich liegen und daneben das nasse Stück Papier mit der verschwommenen Tinte. In ihm drin waren Leere und Traurigkeit. Freilich wusste er nun, was mit seiner Tochter geschehen war, aber zugleich hatte er sie verloren. Er wollte das Geld nicht, indes der Bichel hörte nicht auf, auf ihn einzureden. Es sei das Beste für die Barbara, wenn er nicht nach ihr suche. Der Bichel versprach ihm, nein, mehr noch, bei allen Heiligen schwor er, den Reisinger und die Seinigen über die Barbara auf dem Laufenden zu halten.

Den ganzen Weg zurück nach Loisenried dachte Reisinger über die Begegnung mit dem Bichel nach. Am Ende hatte dieser ihn überzeugt, das einzig Richtige für sein Kind zu tun, wenn er es ziehen ließe. Aber warum war ihm trotzdem so schwer ums Herz? Und wie sollte er es seiner Frau erklären? Er würde ihr die Kreuzer hinlegen und sagen, dass die von der Barbara wären. Er würde alles, was ihm der Bichel gesagt hatte, erzählen. Dass es der Barbara gut ginge, dort, wo sie jetzt war.

Eine Sache ging ihm dabei nicht aus dem Sinn: Wie konnte die Barbara die Gustl zurücklassen, um die sie immer so besorgt war? Wie konnte sie gehen ohne ein Wort?

Charlotte Urlinger lag im Gras und blickte in den Himmel. Nicht eine Wolke war zu sehen. Nur blaue Weite. Die Welt war mit allen möglichen Geräuschen angefüllt. Es war eine Geschäftigkeit um sie herum, ein Zwitschern, Brummen und Zirpen. Charlotte schloss die Augen und lauschte. Das Leben konnte so schön sein. Sie lag hier an diesem wundervollen Ort und wartete auf ihren Liebsten. Wenn die Mutter nur endlich Einsicht zeigen würde! Freilich, es lag ja nicht nur an ihr, auch sein Vater stellte sich an. Die ewige Streiterei um ein kleines Stück Wald war ihnen wichtiger als das Glück ihrer Kinder. Warum verstanden sie nicht: Der Ander wollte sie und sie den Ander. Sie würde ihn nicht aufgeben, lieber würde sie mit ihm auf und davon laufen.

Als Charlotte die Augen wieder öffnete, sah sie neben sich im Gras einen Schwalbenschwanz. Die Flügel des Schmetterlings waren seltsam zerknittert. Neugierig geworden, sah sie sich ihn genauer an. Er musste gerade erst aus der Puppe geschlüpft sein.

Die Flügel waren weich und schlaff, langsam dehnten und streckten sie sich. Vorsichtig nahm Charlotte den Falter in beide Hände und legte ihn sanft auf den Deckel ihres Korbes, der neben ihr im Gras stand. Hier konnte er in aller Ruhe und vor Feinden sicher die Flügel in der warmen Spätsommersonne trocknen lassen.

Charlotte stützte sich mit den Ellbogen ab und richtete sich ein wenig auf. Vor ihr lagen Wiesen und Felder. Wenn sie die Augen zusammenkniff, konnte sie in der Ferne die Dächer des nahen Ortes und den Kirchturm erkennen. Der Ander hatte ihr gesagt, sie solle hier auf ihn warten. Wo er nur blieb? Langsam wurde sie ungeduldig. Sie konnte nicht den ganzen Nachmittag von zu Hause wegbleiben. Die Mutter war bereits misstrauisch gewesen, als sie ihr gesagt hatte, sie müsse noch einmal fort. Mit Mühe und Not war ihr schließlich eine Ausrede eingefallen.

Von Regendorf her kam einer die Straße entlang. Zunächst glaubte Charlotte, es sei der Ander. Doch schon auf den zweiten Blick erkannte sie, dass es sich bei dem, der da die Straße entlangging, nicht um einen jungen Mann handeln konnte. Der Gang war schwerer, hatte nichts von jener federnden Leichtigkeit der Jugend. Er war aber auch nicht schleppend und gebeugt wie bei den Alten. Derjenige, der auf sie zukam, musste mittleren Alters sein. Erst als er nur noch wenige Schritte entfernt war, erkannte Charlotte den Bichel. Sie war ihm bisher nur wenige Male begegnet, wenn überhaupt kannte sie ihn mehr vom Hören als vom Sehen.

»Wenn es dir recht ist, setze ich mich ein wenig zu dir.«

Ohne ihre Antwort abzuwarten, ließ er sich nieder. Die beiden saßen eine ganze Weile zusammen und blickten wortlos in die Ferne. Charlotte wäre den Bichel gerne losgeworden, wartete sie doch auf den Ander. Doch der Bichel machte nicht den Anschein, als hätte er es eilig. Er zog eine Dose mit Schnupftabak aus der Tasche, nahm eine Prise, danach schnäuzte er sich kräftig. »Magst auch?« Er hielt ihr den Tabak hin.

Charlotte schüttelte den Kopf.

»Schön ist es heroben. So friedlich. Gleichwohl, das wird sich bald ändern. Der Napoleon will nach Russland, und dazu braucht er Soldaten. Ich habe gehört, es soll nicht mehr so einfach sein, sich dem Wehrdienst zu entziehen. Die suchen nach jedem, dessen sie habhaft werden können.«

Wie alle anderen hatte auch Charlotte davon gehört. Sie erwiderte nichts, sie dachte an den Ander. Er hatte ihr gesagt, er würde ein weiteres Mal mit seinem Vater sprechen, der solle endlich im Streit um den Grund am Wald einlenken. Wenn der Vater sich weiter stur stelle und es dem Ander nicht gelinge, ihn zu überzeugen, sich mit Charlottes Mutter zu einigen, dann ginge er zu den Soldaten, hatte er ihr gesagt. Hierbleiben und zusehen, wie sie einen anderen heirate, das könne er nicht ertragen.

Der Bichel redete und redete. »So ein Soldatenleben ist nicht schön. Du ziehst von einem Ort zum anderen, hast nicht viel zum Beißen. Am Tag heißt es marschieren und gehorchen. Und nachts … da saugen dir die Flöhe und Wanzen den letzten Tropfen Blut aus den Adern. Im Winter ist es so kalt, dass es dir die Zehen abfriert. Wenn du schließlich ins Gefecht ziehst und das Glück dir nicht treu ist, wirst verwundet und verlierst einen Arm oder ein Bein. Hast noch mehr Pech, verlierst sogar dein Leben.«

Charlotte wünschte sich, der Bichel würde endlich aufstehen und gehen. Dem entging die Reserviertheit des Mädchens nicht. Doch anstatt Charlotte in Ruhe zu lassen, fragte er: »Hast wohl Sorge, dass dein Gspusi zu den Soldaten geht?«

»Woher willst du wissen, dass ich ein Gspusi habe?«

»Ein so hübsches Mädchen wie du muss einen Verehrer haben. Da braucht man nur eins und eins zusammenzuzählen.«

Charlotte blieb stumm. Sie blickte weiter hinunter auf die Straße. Der Ander war immer noch nicht zu sehen. Dabei sollte er längst hier sein. War das ein gutes oder ein schlechtes Zeichen? Sie hoffte nur, dass er sich nicht zu sehr mit dem Vater stritt. Der Ander konnte ein Hitzkopf sein. Sie wünschte, der Herrgott möge ihm beistehen, sein Temperament im Zaum zu halten. Es brachte nichts, wenn er mit seinem Vater über Kreuz lag. Wie sollte der sich dann mit ihrer Mutter einigen? Die Angelegenheit war schon verfahren genug. Je größer der Konflikt wurde, umso geringer war die Aussicht auf eine Hochzeit vom Ander und ihr. Und am Ende, wenn es keinen anderen Ausweg gab, würde er womöglich wirklich zu den Soldaten gehen.

Nach einer Weile sagte der Bichel: »Wannst willst, kann ich dir die Sorge nehmen.«

»Du? Wie?« Charlotte war überrascht. Sie wusste nicht, wovon der Bichel sprach, und zum ersten Mal, seit er sich neben sie gesetzt hatte, sah sie ihm direkt ins Gesicht.

»Ich kann dir helfen«, sagte der Bichel und lächelte sie freundlich an.

»Wie willst du mir helfen?«, fragte Charlotte ungläubig.

»Ich habe da was, mit dem kann man in die Zukunft schauen. Du siehst, was kommt, und kannst entsprechend handeln.« Der Bichel wirkte auf Charlotte nicht wie einer, der sich einen Spaß erlaubte. Er erklärte ihr, er würde für seinen Dienst keinen Lohn verlangen. Es bereite ihm Freude, anderen zu helfen. Er würde sie auch nicht drängen, es läge ganz an ihr. Sie könne entscheiden, ob sie sein Angebot annehmen oder ablehnen möchte. Sie solle sich alles in Ruhe durch den Kopf gehen lassen. Er sagte ihr noch, wo sie ihn finden könne. Danach stand er auf und ging.

Charlotte blieb im Gras sitzen. Was wollte der Bichel von ihr? Was sollte das Gerede vom In-die-Zukunft-Schauen? Sie konnte sich keinen Reim darauf machen. Am Himmel zogen erste Wolken auf. Die Welt um sie herum war nicht mehr ganz so strahlend, und auch das Zirpen und Zwitschern hatte nachgelassen. Auf dem Deckel des Korbes saß der Schmetterling. Seine Flügel waren mittlerweile voll entfaltet. Er bewegte sie langsam auf und zu. Mit einem Mal erhob er sich in die Lüfte, tänzelte langsam vom Rand des Angers hinunter Richtung Regendorf. Charlotte sah ihm nach.

Von unten kam ein junger Bursche herauf. Sie erkannte den Ander sofort. Sogleich sprang Charlotte auf und lief ihm so schnell sie nur konnte entgegen. Sie wollte ihn festhalten, nie mehr loslassen. Sie wollte ihm sagen, dass er nicht zu den Soldaten gehen dürfe. Unter keinen Umständen. Sie würde lieber klaglos ein Leben in Armut und Not mit ihm führen. Alles, nur nicht zu den Soldaten. Und während sich die beiden fest umschlungen hielten, wurde keine zwei Armlängen von ihnen entfernt ein Schwalbenschwanz von einer Amsel gefressen.

Zwei Monate war der Ander nun schon fort. Bei seinem Abschied hatte er Charlotte versprochen, nein, geschworen bei allem, was ihm heilig war, nicht zu den Soldaten zu gehen. Er hatte ihr gesagt, er wolle nach Nürnberg und dort bei seinem Patenonkel nach Arbeit fragen. Der Onkel habe ein gut gehendes Wirtshaus und eine Brauerei. Charlotte solle auf Ander warten, er käme auf jeden Fall zurück, sobald er genügend Geld beieinanderhabe. Dann würde er um ihre Hand anhalten, ihre Mutter und sein Vater könnten dann sehen, wie ernst es den beiden war, und sie könnten keinen Einwand mehr erheben, da war er sicher. Charlotte sollte auf ihn vertrauen, und ihrem Glück stünde nichts im Wege.

Nachdem der Ander fortgegangen war, schien es Charlotte, als würde sie dem Bichel ständig und überall begegnen. Schickte die Mutter sie hinüber nach Edlhausen zur Tante, lief er ihr über den Weg. Hatte sie Besorgungen im Ort zu erledigen, traf sie ihn dort. Am Sonntag in der Kirche setzte er sich so in die Bank der Männer, dass sie ihn sehen musste.

Die ersten Male hatte er sie immer nur freundlich angelächelt, irgendwann ging er über zu einem Gruß und ein paar belanglosen Sätzen. Mit der Zeit kam es ihr vor, als wären diese Aufeinandertreffen nicht zufällig. Und noch etwas fiel ihr auf: Der Bichel sprach sie nur an, wenn er sie allein antraf, und ging, wenn sich eine andere Person näherte. War sie in Gesellschaft, tat er, als würde er sie nicht kennen, oder, wenn es nicht anders ging, grüßte er sie mit einem flüchtigen Lächeln.

Der Bichel behandelte sie stets freundlich und mit Respekt, dennoch fühlte Charlotte sich von Mal zu Mal unwohler, wenn sie ihm begegnete. Seine Gegenwart hatte etwas Dunkles, Bedrückendes. Der Umstand, dass sich ihre Wege scheinbar ständig kreuzten, verstärkte diesen Eindruck. Charlotte wagte sich kaum mehr allein aus dem Haus, aus Angst, der Zufall würde sie und den Bichel wieder zusammenführen. Darum wollte sie auch zusammen mit Alma, ihrer Base, zur Beichte gehen, doch der war in letzter Minute etwas dazwischengekommen, und sie hatte Charlotte gebeten, allein vorauszugehen.

Nach der Beichte und den drei Vaterunser, die der Pfarrer Charlotte aufgetragen hatte, war Alma immer noch nicht da. Auf dem Friedhof um die

Kirche herum war keine Menschenseele zu sehen. Charlotte beschloss, zum Grab der Großeltern zu gehen. Als sie sich zum Weihwasserkessel bücken wollte, stand der Bichel plötzlich wie aus dem Nichts neben ihr. Charlotte erschrak. Sie hätte schwören können, sie hatte ihn weder zwischen den Grabreihen gesehen noch seine Schritte auf dem Schotterweg gehört.

»Was gibt es Neues von deinem Schatz?«

Charlotte versuchte so zu tun, als wüsste sie nicht, wovon der Bichel sprach. »Was soll es geben? Ich habe keinen Schatz.«

Der Bichel grinste sie breit an. »Wirklich? Und der Ander? Ich dachte, der ist dein Liebster. Ich habe gehört, er ist nach Nürnberg. Bestimmt hat er schon was von sich hören lassen, oder?«

Charlotte presste die Lippen aufeinander. Sie wollte dem Bichel nicht antworten. Er sollte nicht wissen, dass sie, seitdem der Ander weg war, keine Nachricht von ihm erhalten hatte. Jeden Tag wartete sie darauf, jeden Tag vergeblich. Dabei hatte er ihr versprochen, sich so bald wie möglich zu melden.

»Ja, ja. Die Stadt ist voller hübscher Mädchen, und der Ander ist ein schneidiger Bursch. Es ist ihm nicht zu verdenken, wenn ihm dort die eine oder andere den Kopf verdreht.«

Charlotte wurde ganz eng ums Herz. Vielleicht hatte der Ander sie bereits vergessen. Sie riss sich zusammen und versuchte, sich nichts anmerken zu lassen. Derweil redete der Bichel munter weiter. Ihm war Charlottes Gedankenschwere nicht entgangen.

»Bin ich am Ende gar nicht so falsch gelegen?«, fragte er heuchlerisch. »Mir kannst nichts vormachen. Du hast Angst, er könnte eine andere finden. Stimmt's?« Der Bichel lächelte sie an. »Wenn ich es recht bedenke, ich könnte dir helfen.«

Auf ihre Frage, wie ausgerechnet er ihr helfen könne, meinte der Bichel: »Hast du vergessen, was ich dir auf der Wiese erzählt habe?«

Charlotte verneinte, sie hatte es nicht vergessen. Sie konnte sich an jedes Wort der Unterredung erinnern. Der Bichel hatte von einem Ding gesprochen, mit dem man in die Zukunft schauen konnte. Obwohl er seinerzeit nicht den Eindruck erweckt hatte, als wolle er seine Possen mit ihr treiben, war sie nicht sicher, was sie davon halten sollte.

»Wie ich dir damals schon gesagt habe, besitze ich einen magischen Spiegel, mit dem man die Zukunft sehen kann. Aber was ich dir auf der Wiese verschwiegen habe, ist, dass ich dir damit auch einen geliebten Menschen zeigen kann. Mit einem Erdspiegel kann man nicht nur sehen, wo sich der Geliebte aufhält, sondern auch, was er gerade spricht oder denkt. Dabei ist es egal, ob er im fernen China oder über dem Meer in den neuen amerikanischen

Staaten weilt. Das Einzige, was man dazu braucht, ist eine Haarsträhne oder ein Kleidungsstück, ein Tuch, ein Hemd, egal. Es muss nur von der Person sein, die man sehen möchte. Natürlich wäre eine Goldkette mit einem Medaillon viel besser. Eines, das man vom Geliebten zum Abschied geschenkt bekommen hat und das man heimlich um den Hals trägt.«

Der Bichel kam ganz nah an Charlotte heran. Sie konnte seinen Atem spüren. Ihr wurde heiß und kalt. Keiner wusste von dem Medaillon, das ihr der Ander bei ihrem Abschied gegeben hatte. Und auch nicht von der Haarsträhne, die er für sie hineingelegt hatte. Selbst Alma nicht, vor der Charlotte nie ein Geheimnis hatte. Der Ander hatte ihr die Kette gegeben, damit sie stets etwas von ihm bei sich tragen konnte. Ertappt griff sie sich mit der Hand an die Brust. Woher nur wusste der Bichel davon?

Der zog sich genüsslich eine Portion Tabak durch die Nase. Schnäuzte und lächelte. Zum ersten Mal bemerkte Charlotte, dass in seinem Gesicht etwas nicht stimmte. Sein Lächeln war freundlich, doch sein Blick hatte etwas Kaltes, Durchdringendes. Sie wollte sich umdrehen und gehen, aber sie wagte nicht, sich von der Stelle zu rühren. Sie fröstelte. Ihr war an diesem warmen Altweibersommertag kalt geworden. Noch nie zuvor hatte sie sich in der Gegenwart eines Menschen so unwohl gefühlt. Es war ein Unbehagen, das sich auf ihre Brust legte und ihr die Luft zum Atmen nahm. Der Bichel war ihr aus tiefster Seele zuwider.

Doch der ließ nicht los, es war, als hätte er den Fisch bereits an der Angel und müsste ihn nur aus dem Wasser ziehen.

»Habe ich doch recht, der Ander hat dir die Kette zum Abschied geschenkt. Woher, glaubst du, weiß ich das alles? Denk nach! Ich könnte dich daran teilhaben lassen. Ich könnte es einfädeln, dass der Ander zu dir zurückkommt und all eure Probleme sich in Luft auflösen.«

Er könne ihr ein Wundermittel geben, eine Art Liebeszauber, sagte der Bichel. Sie müsse nur zu ihm kommen. Es habe keine Eile, sie solle es sich in aller Ruhe überlegen. Er wäre der Letzte, der sie drängen würde, denn nur, wenn sie aus freien Stücken zu ihm käme, könne der Zauber gelingen. Sie wisse ja, wo sie ihn finde. Der Bichel beugte sich nach vorn, kam ganz nah an sie heran, und wieder spürte sie seinen Atem, als er in ihr Ohr flüsterte: »Bedenke, ich kann dir nicht nur den Ander im Erdspiegel zeigen und machen, dass er zu dir zurückkommt. Ich kann auch das Gegenteil. Also warte besser nicht zu lange.« Er drehte sich um und ging pfeifend davon.

Charlotte stand vor dem Grab der Großeltern und wusste nicht, was sie tun sollte. Einerseits war sie froh, dass der Bichel endlich gegangen war. Andererseits: Wenn er vielleicht doch über so einen Spiegel und einen dazu passenden Zauber verfügte? Auch wenn ihr seine Nähe zuwider war, was hatte sie zu verlieren? Vielleicht sollte sie über ihren Schatten springen und es zumindest versuchen. Es ging schließlich um den Ander.

Gangerl saß am Tisch in der Ecke. Vor ihm ein Krug Bier. Den ganzen Abend hatte er sich nicht von der Stelle gerührt. Er hatte den Kartlern beim Spielen zugesehen und sich, nachdem der zweite Krug geleert war, einen dritten gegönnt. In den letzten Tagen waren die Leute gestorben wie die Fliegen. Erst die alte Kramerin, Gott sei der armen Seele gnädig. Mit fast 80 Jahren war ihr Tod einer Erlösung gleichgekommen. Kurz darauf war einer von den Holzknechten, die beim Unterweger arbeiteten, von einem Baum erschlagen worden. Ein junger Bursch war es gewesen. Keine zwei Tage danach starb die Frau vom Schuster im Kindbett. Jetzt ist der mit zwei kleinen Kindern und einem Säugling allein. Zum Glück hat er seine Mutter im Häusl.

»Es ist ein Kreuz auf dieser Welt.« Gangerl schüttelte nachdenklich den Kopf. Drei Gräber in einer Woche, da hatte er sich sein Bier verdient. Er nahm einen Schluck.

Als er heute auf dem Friedhof das Grab für die Schusterin ausheben wollte, ist ihm der Bichel über den Weg gelaufen. Der kam sichtlich gut gelaunt aus einer der Reihen und ging eilig auf den Ausgang zu. Kurz darauf sah Gangerl die Urlinger Charlotte am Grab ihrer Großeltern stehen. Sie wirkte verängstigt, als wäre ihr der Leibhaftige begegnet. Der Totengräber stellte seine Schubkarre mitsamt den Schaufeln und allem Werkzeug ab und wollte zu dem Mädchen gehen, um zu fragen, ob mit ihr auch alles in Ordnung sei. Doch er kam nicht weit. Als Charlotte ihn sah, drehte sie sich um und lief davon. Gangerl blickte ihr verwundert nach. Erst im Wirtshaus, als er dort auf den Bichel traf, fiel es ihm wieder ein.

Der Bichel saß bereits am Stammtisch und spielte mit den anderen Karten, als Gangerl hereinkam. Der Totengräber setzte sich etwas abseits und sah zu. Nach einer guten Stunde begann die Runde sich langsam aufzulösen. Der Lehrer hatte sich als einer der Ersten auf den Heimweg gemacht, gefolgt vom Apotheker und dem Advokaten. Zurück blieben der Unterweger, der Gemeindediener Schlupp und der Bichel. Kurze Zeit darauf gesellte sich der Wirt dazu, und der Bichel fing an, eine seiner Geschichten zu erzählen. Darum musste man ihn nicht lange bitten. Ein jeder wusste, dass er erzählen konnte und es verstand, die Leute in seinen Bann zu ziehen. Dabei spielte es keine Rolle, ob ein studierter Herr oder eine Magd seine Zuhörer waren. Der Bichel fand immer die richtigen Worte. Er ließ sich einen frischen Krug Bier bringen, positionierte sich mit breiten Beinen auf der Bank. Er zog seine Schnupftabakdose aus der Joppentasche, und nach einer genüsslichen Prise und einem kräftigen Schluck fing er an. Auch der Gangerl hörte dem Bichel gern zu. Selbst wenn er die Geschichte längst zu kennen glaubte. So war es auch heute. Der Bichel erzählte vom Stoffl von Buchhof.

Der Stoffl war ein Häusler und mit seinem Sohn auf dem Weg nach Schleifmühle gewesen. Nach Einbruch der Dunkelheit habe er Lichter gesehen. Mitten im Holz, unweit des Lazarus Marterls, erzählte der Bichel.

»Die Leute sagen immer, dass es dort waizen soll. Weil sich einer mal im Holz aufgehängt hat. Das ist dummes Gerede, aber dem Stoffl ist es trotzdem seltsam vorgekommen. Flackernde, bläulich schimmernde Flämmchen. Nicht höher als eine Elle«, sagte der Bichel. »Darum wollte der Häusler sich die Sache genauer ansehen und ist mit seinem Sohn in den darauffolgenden Nächten immer wieder zum Marterl gegangen. Aber er erzählte keinem davon. Am dritten Tag haben sie nicht nur die Flammen gesehen, sondern auch Stimmen gehört. Und als sie sich näher herantrauten, sahen sie Schatten und vernahmen ein Geräusch, als würde einer nach etwas graben. Der Stoffl war nicht dumm. Das fahle Licht und die Schatten, das waren keine normalen Leute, da war was Unheimliches im Gange. Der Häusler und sein Sohn, die beiden saßen da, warteten und beobachteten.«

Auch der Gangerl beobachtete. Es war interessant mitanzusehen, wie der Bichel mit seinen Zuhörern spielte. Wie er die Stimme hob und senkte und genau zu wissen schien, wann er eine Pause einzulegen hatte, um von seinem Bier zu trinken oder eine Prise zu schnupfen. In der Wirtsstube war es mucksmäuschenstill. Alle außer Gangerl rückten näher an den Bichel heran.

Der berichtete, wie der Stoffl mit seinem Sohn in der ersten Vollmondnacht mit einer Schaufel, einem Pickel und einer Laterne zum Marterl geschlichen war. Für die Anwesenden fühlte es sich an, als wären auch sie in diesem Moment mit dabei. Sie spürten den kalten Nachtwind und rochen das feuchte Moos. Der Bichel erzählte, dass die beiden genau an der Stelle, an der sie die Flammen und die Schatten gesehen hatten, zu graben anfingen. Der Stoffl und sein Sohn gruben stumm.

Der Bichel flüsterte, und Gangerl, der etwas abseits saß, hatte Mühe, der Erzählung zu folgen, darum kam auch er näher heran. Der Bichel schilderte, wie die beiden tiefer und tiefer gruben, und ein jeder, der zuhörte, glaubte, die feuchte Erde riechen zu können, so anschaulich erzählte der Bichel. Als das Loch so tief war, dass sie bereits jede Hoffnung, etwas zu finden, aufgegeben hatten, setzte der Sohn des Stoffl zu einem letzten Schlag mit dem Pickel an.

Da holte der Bichel aus und schlug mit der Faust auf den Tisch. Die Zuhörer schrien vor Erschrecken auf. Alle glaubten sie, den dumpfen Schlag gehört zu haben, als die Spitze des Pickels auf den Deckel der schweren Truhe traf.

Der Bichel fuhr fort, der Stoffl habe sich auf die Knie geworfen und versucht, die kalte, feuchte Erde mit den bloßen Händen fortzuschieben. Er konnte die Kiste nicht sehen, aber er spürte sie.

»Es war unglaublich, sein Herz sprang ihm fast aus dem Brustkorb, und er konnte sich nicht zurückhalten, er schrie: ›Wir haben es, Bub! Wir haben es!‹«

Ein Seufzer der Erleichterung ging durch die ganze Wirtsstube. Der Bichel machte eine Pause, die endlos zu sein schien.

»Sag, was war in der Truhe?« Der Unterweger hielt es fast nicht mehr aus. »War die Truhe leer?«

Der Bichel blickte in die Runde, von einem zum anderen, und lächelte über das ganze Gesicht, dann fuhr er fort: »Leer? Teufel!«

Wieder schlug der Bichel auf den Tisch, und auch seine Stimme wurde lauter.

»Sie war voll bis zum Rand mit allem, was sich ein Mann nur wünschen kann!«

Der Unterweger grinste und prostete den anderen zu, glaubte er doch, die Geschichte des Bichel wäre hier zu Ende.

Doch der erzählte weiter: »Es kam, wie es kommen musste. Der Stoffl hätte es besser wissen müssen! Der Idiot hat über den Schatz gesprochen, ehe er ihn aus dem Loch geholt hat. Beim ersten Wort, das er sagte, begann der Schatz zu sinken. Wenn der Stoffl seinen Mund gehalten hätte, wäre er ein reicher Mann! Aber da er nicht an sich halten konnte und geschrien hat, hat er das Tier aufgescheucht. Und das ließ den Schatz sinken. Immer tiefer und tiefer. Der Alte und sein Sohn versuchten so schnell zu graben wie irgend möglich, schneller als das Tier den Schatz sinken ließ. So sehr sie auch schaufelten und gruben, sie haben niemals aufgeholt. Die ganze Nacht haben sie gegraben, bis zum Sonnenaufgang, doch die Truhe war weg.«

Der Bichel erklärte, dass man, um einen Schatz zu bewachen, ein Tier töten müsse. Alles, was man tun müsse, wäre, eine Katze oder auch einen Hund, auf den man verzichten kann, zu nehmen und dem Tier den Hals durchzuschneiden. Wenn das Blut auf die Truhe tropft und man den Kadaver des Tieres mit dem Schatz vergräbt, wird dessen Geist diesen bis in alle Ewigkeit bewachen. Die Welt ist voll mit vergrabenen Schätzen, alle bewacht von Tiergeistern. Wenn man des Nachts durch die Bäume streift und die fahlen bläulichen Flämmchen sieht, weiß man, dass dort, genau dort, ein Schatz vergraben wurde. Will man ihn heben, kann man nach dem Schatz graben. Nur über ihn sprechen dürfe man nicht, das schrecke das Tier auf!

Der Bichel hob seinen Krug und leerte ihn in einem Zug. Dann setzte er ihn krachend auf der Tischplatte ab, stand auf und ging.

Gangerl hatte den Bichel die ganze Zeit beobachtet. Er hatte gesehen, wie dieser mit seinem Publikum spielte, wie er gestikulierte, den Tonfall und auch die Stimme änderte. Die Augen des Bichel blieben dabei kalt. Gangerl hatte einen anderen Bichel gesehen, einen, den keiner der Anwesenden bemerkt hatte. Für ihn war klar: Der Bichel war ein Menschenfänger. Wie eine Spinne hatte er ein Netz gesponnen, und seine Zuhörer verfingen sich darin wie die Fliegen. Er dachte an Charlotte, wie sie in der Reihe zwischen den Gräbern gestanden hatte, bleich und starr. Ob auch ihr dieser andere Bichel heute begegnet war?

Die ganze Nacht wälzte sich Therese schlaflos in ihrem Bett. Mehr als einmal war sie versucht aufzustehen und in die Stube hinüberzugehen. Wenn sie nicht schlafen konnte, so könnte sie wenigstens arbeiten. Jedes Mal schob sie die Zudecke zur Seite, um am Ende dennoch liegen zu bleiben. Ein halbes Jahr war seit Katharinas Verschwinden vergangen. Kein Sterbenswörtchen hatten Walburga und sie seitdem von ihr vernommen. Überall hatten sie nach der Schwester gesucht. Therese war beim Bichel gewesen. Doch der konnte ihr nicht weiterhelfen. Alles, was er zu sagen hatte, war, dass Katharina an dem Tag zu ihm gekommen war, um sich vor dem Haus mit einem jungen Herrn aus Stadtamhof zu treffen. Den Namen des Mannes wusste er nicht. Er habe nicht danach gefragt, und Katharina habe es ihm nicht gesagt. Darüber hinaus habe er angenommen, dass die Seidel-Schwestern Bescheid wüssten.

Vor wenigen Wochen hatte sie die Ungewissheit nicht mehr ausgehalten. Sie hatte den Mich den

Wagen anspannen lassen und war nach Stadtamhof gefahren, um nach der Schwester zu suchen. Walburga hatte ihr gesagt, dass es keinen Sinn habe, sie hatten weder einen Namen noch eine Anschrift. Wen sollten sie fragen? Doch die vage Hoffnung, die Schwester könnte ihr per Zufall über den Weg laufen, hatte Therese nicht losgelassen. Und tatsächlich hatte sie eine junge Frau gesehen, die von Weitem Ähnlichkeit mit Katharina hatte. Es war derselbe vertraute Gang, die Größe, auch die Farbe der Haare waren die der Schwester gewesen. Sie war der jungen Frau nachgelaufen, hatte sie angesprochen, und als sich diese umgewandt hatte, hatte sie nicht in das vertraute Antlitz Katharinas geblickt, sondern in das Gesicht einer Fremden.

All die Male, die sie Katharina gescholten hatte, weil sie während der Arbeit wieder zu träumen anfing und alles Angefangene stehen und liegen ließ, taten ihr nun in der Seele weh. Katharina konnte die Welt um sich herum vergessen, sie konnte in sich selbst versinken und stundenlang den Wolken nachsehen, die vorüberzogen. Aber war es ihr zuzutrauen, dass sie einfach fortging, ohne eine Nachricht zu hinterlassen? Therese zermarterte sich den Kopf. Katharina musste doch wissen, dass Walburga und sie sich sorgen würden. Ihre kleine Schwester war eines jener schwärmerischen Mädchen, das sich Hals über Kopf verlieben würde.

Dennoch, würde sie fortgehen von einem Tag zum anderen? Therese konnte es nicht glauben.

Und warum hatte keiner Katharina mit dem Fremden gesehen? Es gab niemanden im Ort, den sie in den vergangenen Monaten nicht gefragt hatte. Es ergab keinen Sinn. Wäre Therese an diesem Tag nicht in der Stadt gewesen, vielleicht wäre alles anders gekommen.

Das Schicksal ihrer Schwester war ihr erster Gedanke am Morgen und der letzte am Abend. Es gelang ihr einfach nicht loszulassen.

Irgendwann schlief Therese dennoch ein. Aber selbst im Schlaf fand sie keine Ruhe und suchte nach der verschwundenen Schwester. Sie träumte, wie sie zum Bichel hinaufging, und wie damals, kurz nach Katharinas Verschwinden, erzählte er ihr die Geschichte von dem Fremden aus Stadtamhof. Enttäuscht wandte sie sich zum Gehen, doch dann drehte sie sich noch einmal um. Sie bat den Bichel, sich erneut jede Einzelheit zu vergegenwärtigen. Auch wenn sie ihm noch so unwichtig erschien. Der Bichel blickte sie besorgt an. Er erwiderte, er habe ihr alles, was er wüsste, gesagt. Doch mit einem Mal hielt er inne, und nach kurzem Überlegen meinte er, womöglich wäre da etwas, ob sie nicht zu ihm in die Stube kommen möchte. So zwischen Tür und Angel lasse es sich nicht so gut reden. Er lächelte, als er mit ihr sprach. Therese spürte, wie ihr Herz schneller schlug und Hoffnung in ihr aufkeimte. Womöglich hatte er recht, und wenn sie hineinginge und sich mit ihm noch einmal in Ruhe unterhielte, vielleicht fiel ihm dann ein entscheidender Hinweis ein. Etwas, das er beim letzten Mal zu erwähnen vergessen hatte.

Im Traum beugte sich der Bichel nach vorn. Er kam ganz nah an sie heran. Er flüsterte in ihr Ohr. Er sagte, sie solle eintreten, sich in seine Stube setzen und auf ihn warten. Es würde nur eine kleine Weile dauern, und alles wäre bereit. Er drängte, hörte nicht auf, auf sie einzureden. »Komm! Komm jetzt gleich!« Der Ton seiner Stimme war lockend und fordernd zugleich. Er trat ein wenig beiseite und öffnete die Tür ganz. Der Raum hinter ihm war dunkel, weit und leer. Die Versuchung war groß, nur ein Schritt, und sie wäre über der Schwelle. »Komm!« Er streckte ihr die Hand entgegen. Sie wollte ihm die ihre reichen, da sah sie in sein Gesicht. Er lächelte, aber sein Blick war seltsam fremd und kalt. Sie spürte, wie diese Kälte auch in sie kroch, wie sie ihr Herz fast zum Stehen brachte. Alle Hoffnung war verschwunden, und zurück blieb Angst.

»Heute nicht, ein anderes Mal!«, stammelte sie, drehte sich um und lief davon. Sie rannte so schnell sie konnte und stolperte dabei fast über ihre eigenen Füße. Sie hörte die Stimme des Bichel, der ihr nachrief: »Du kannst jederzeit wiederkommen! Ich warte auf dich!«

Dann wachte sie auf. Therese lag in ihrem Bett. Schweißgebadet. Sie konnte sich den Traum nicht erklären. Sie fühlte sich schuldig. Der Bichel hatte immer Anteilnahme gezeigt, war stets freundlich zu ihr und einem jeden, der ihm begegnete. Mit diesem Traum tat sie ihm unrecht.

Draußen begann es hell zu werden, auch diese Nacht war endlich vorüber. Therese stand auf. Der Boden knarrte unter jedem Schritt. Sie wusch sich, zog sich an, doch mit ihren Gedanken war sie weiter bei ihrer verschwundenen Schwester. Zu guter Letzt blickte sie in den Spiegel, um sich ihr Haar zurechtzumachen. Sie dachte an Katharina, wie die sich als kleines Mädchen vor dem eigenen Spiegelbild gedreht hatte. Und an die Mutter, die die Schwester ermahnt hatte, es nicht zu tun. Denn wenn man zu lange in den Spiegel schaue, hatte sie zu Katharina gesagt, so blicke der Teufel mit hinein.

Alois Schlupp hastete zum Bichelhof hinauf. Er war wütend und schimpfte vor sich hin, verärgert darüber, dass es ihm nicht einmal vergönnt war, in Ruhe den Tag zu beginnen. Zum wiederholten Mal hatte sich sein Hund losgerissen. Heute hatte er sogar den dicken Kälberstrick, mit dem Schlupp ihn an die Hütte vor dem Haus gebunden hatte, durchgebissen.

Der Magd war aufgefallen, dass der Hund fort war, als sie zum Brunnen ging, um Wasser zu holen. Sogleich war sie zu ihrer Herrin gelaufen, um es ihr auf die Nase zu binden. Als seine Frau danach zum Schlupp in die Stube eilte, war er gerade dabei, seine Morgensuppe auszulöffeln. Seine Frau war es auch, die ihn drängte, in seine Stiefel zu schlüpfen und nach dem Hund zu suchen. Mit dem stärksten Seil, das er finden konnte, machte er sich auf den Weg. Schlupp schwor sich, den Hund windelweich zu prügeln, wenn er ihn wieder oben beim Bichel erwischte.

»Wenn das so weitergeht, wirst du ihn anketten

oder in den Schuppen sperren müssen«, hatte ihm seine Frau nachgerufen. »Es kann nicht angehen, dass einer jeden zweiten Tag nach dem Köter suchen muss.«

Sie hatte recht, so konnte es nicht weitergehen. Es blieben dem Schlupp nur diese zwei Möglichkeiten, und beide gefielen ihm nicht. Der Hund war bisher immer ein treuer Gefährte gewesen. Er folgte aufs Wort, viel besser als alle anderen zuvor. Schlupp hatte sein Leben lang Hunde gehabt. Nie hatte er ein so gutmütiges Tier wie dieses besessen. Bis vor Kurzem hatte er ihn nicht einmal anbinden müssen. Der Hund war es gewöhnt gewesen, seine Runden durch die Ortschaft zu ziehen. Es hatte nie Klagen gegeben. Nicht eine einzige. Doch nun stahl er sich davon, wann immer es ihm möglich war. Jedes Mal lief er zum Bichel hinauf und legte sich vor den Schuppen. Die ersten Male ließ er sich ohne Widerstand fortführen. Danach fing er an, einen jeden zu verbellen, der es wagte, näher zu kommen. Der Bichel, der eigentlich ein recht umgänglicher Nachbar war, hatte sich beim Schlupp beschwert. Der Hund knurre alle an. Seine Frau, die Bichlerin, traue sich nicht mehr über den Hof. Und nach dem Bichel habe er geschnappt, als ihn dieser vor ein paar Tagen vom Hof jagen wollte. Und nun war das närrische Vieh wieder fortgelaufen.

Schlupps Frau mutmaßte, es könne die Hundswut sein, denn welchen anderen Grund konnte es für die plötzliche Veränderung geben? Aber daran glaubte Schlupp nicht. Er hatte Tiere gesehen, die sich mit der Krankheit angesteckt hatten, und die verhielten sich ganz anders, sie griffen jeden an, selbst ihren Herrn. Sie konnten, obwohl sie durstig waren, nicht trinken, die Augen waren rot unterlaufen, und das Fell sah räudig aus. Die Hunde hatten zudem einen unsicheren Gang und lagen ermattet herum, zu schwach, sich auf den Beinen zu halten. Außerdem überstand keiner mehr als ein paar Tage in diesem Zustand. Sein Hund hatte sich äußerlich nicht verändert. Er sah gesund aus, und sein Fell glänzte. Wenn er mit ihm in den Wald ging oder ihn mit in die Stube nahm, verhielt sich das Tier freundlich und gehorsam wie immer.

Wie der Schlupp befürchtet hatte, fand er den Hund vor dem Holzschuppen beim Bichel. Dieses Mal hatte er versucht, sich unter der Tür hindurchzugraben, während der Ganter, der in seinem Verschlag eingesperrt war, wie verrückt schrie. Zum Glück war der Bichel nicht zu Hause. Schlupp ging auf den Hund zu. Der sah seinen Herrn kommen und legte sich winselnd auf den Boden. Als Schlupp ihm den Strick umbinden wollte, um ihn vom Schuppen fortzuziehen, hatte er seine liebe Mühe. Das Tier wand sich und versuchte zu entwischen. Erst nachdem er den Hund mit strenger Stimme ermahnte, ließ der es geschehen. Die ersten Schritte weg vom Schuppen sträubte sich das Tier. Es jaulte und winselte und zog am Strick. Aber sein Herr ließ nicht locker, und schließlich fügte es sich.

Drei verschiedene Kleider hatte ihr der Bichel aufgetragen. Es sollten die schönsten Kleider sein, die Charlotte im Schrank hatte. Zuerst hatte sie nicht verstanden, wofür sie die Kleider brauchte, aber der Bichel hatte ihr erklärt, dass sie, wenn sie unterschiedliche Phasen ihres Lebens sehen wollte, auch die dazu passende Kleidung bräuchte. Sonst würde der Erdspiegel die Bilder nicht zeigen können. So ganz leuchtete es ihr immer noch nicht ein. Wenn der Spiegel die Kraft der Vorhersehung hat, müsste es egal sein, was sie trägt. Der Spiegel würde ja nicht ihr jetziges Ich zeigen, sondern eines, das in der Zukunft liegt, mit Kleidern, die sie in dieser Zukunft tragen würde. Als sie das dem Bichel sagte, hatte sie den Eindruck, als wäre er für einen Moment richtig verärgert. Er besann sich hingegen sofort wieder und sagte, dass sie, wenn sie in die Zukunft schauen wollte, tun müsste, was er ihr auftrug. Sonst kämen sie nicht zueinander, und ihr Handel wäre hinfällig.

Charlotte wollte sehen, wie es dem Ander ging,

und ja, sie wollte wissen, ob es eine gemeinsame Zukunft gab. Darum lenkte sie schließlich ein und tat, was der Bichel von ihr verlangte. Doch darüber hinaus wollte sie so wenig wie möglich mit ihm zu tun haben. Sie dachte daran, wie er am Friedhof plötzlich neben ihr gestanden hatte. Er war ihr nicht geheuer. Sie konnte nicht sagen, was sie am meisten an ihm störte: sein kalter Blick, die aufgesetzte Freundlichkeit, die beim geringsten Widerwort ins Gegenteil umschlug, oder dass er immer so nah an sie herankam?

Sie würde zur vereinbarten Zeit zu ihm gehen, in den Spiegel blicken und danach so schnell wie möglich nach Hause eilen. Wenn sie wusste, wie es dem Ander ging, war sie beruhigt, und es gab keinen Grund, jemals wieder mit dem Bichel zu sprechen. Auch hatte der Bichel ihr eingeschärft, niemandem von dem Erdspiegel zu erzählen, weil sonst der Zauber nicht funktioniere. Charlotte hatte einen Weg gefunden, diese Weisung zu umgehen. Sie hatte sich von ihrer Base, der Alma, ausfragen lassen. Alles, was sie hatte machen müssen, waren ein, zwei Andeutungen, und Alma war sofort darauf eingegangen. Damit hatte Charlotte zwei Fliegen mit einer Klappe geschlagen: Sie hatte ihr Wort gehalten und keinem auch nur ein Sterbenswörtchen verraten, dennoch war die Base in alles eingeweiht. Ihr war ein Stein vom Herzen gefallen. Sie fühlte sich wohler, wenn sie wusste, dass die Alma ganz in der Nähe des Bichelhofs auf sie wartete. Zwei Rosenkränze sollte Alma beten. Wenn Charlotte dann nicht zurück war, sollte Alma an die Tür des Bichel klopfen und nach ihr fragen.

Charlotte legte die Kleider auf dem Bett zurecht: das Leibchen mit den Stickereien und das helle Kleid, das Ander so sehr an ihr mochte. Außerdem die Bodenhaube mit dem Spitzenvorstoß und die silberne Riegelhaube. Die hatte sie sich erst im letzten Jahr von der Haubenmacherin in Regensburg anfertigen lassen. Riegelhauben waren jetzt modern, anders als bei der Bodenhaube konnte man das Haar sehen. Sie wurden nur mit Haarnadeln am Hinterkopf festgesteckt und saßen auf dem Haarschopf, dem Riegel. Charlottes Mutter konnte sich mit der neuen Mode nicht anfreunden, die war noch vom alten Schlag. Dass ein Mädchen oder eine Frau zu viel Haar zeigte, gehörte sich ihrer Meinung nach nicht. Der Vater war da offener, er hatte Charlotte das Geld für die Haube heimlich zugesteckt.

Wenn es nur nach dem Vater gehen würde, wären sie und der Ander einander längst versprochen. Der hätte sich mit dem Vater des Ander geeinigt und den Zwist um den Grund am Wald beigelegt, da war Charlotte sicher. Aber mit der Mutter war es anders. Sie bestand darauf, dass ihnen das Stück beim Wald gehörte, und sie wollte mit dem alten Halsabschneider, wie sie den Vater des Ander nannte, und dessen Sippschaft nichts zu tun haben. Jedes Mal, wenn die Sprache darauf kam oder auch nur deren Name erwähnt wurde, brach sie einen Streit vom Zaun. Der Vater versuchte darum, so gut es ging das Thema zu vermeiden, um die Mutter nicht weiter aufzubringen. Vom Vater war keine Hilfe zu erwarten. Er konnte sich auch sonst kaum durchsetzen. Wenn er es dennoch einmal versuchte und es Spitz auf Knopf stand, hielt die Mutter ihm vor, dass er nur eingeheiratet hatte. Der Hof und das ganze Sach gehörte ihr, und sie wollte nicht, dass ihre einzige Tochter denselben Fehler machte und einen heiratete, der nicht zu ihr passte. »Sach muss zu Sach«, sagte sie immer. Dass Charlotte nur heiraten wollte, wenn sie ihren Zukünftigen auch liebte, hielt ihre Mutter für dummes Zeug. Flausen, die alle jungen Mädchen im Kopf haben.

Charlotte probierte die Riegelhaube vor dem Spiegel an. Sie wollte sie zu ihrer Verlobung tragen. Zur Hochzeit würde sie sich eine goldene zulegen. Sie wusste genau, wie die aussehen sollte: mit einer Blumengirlande und mit zwei kleinen Täubchen. Eines für sich und eines für den Ander. Charlotte legte die Haube vorsichtig zurück in die Schachtel. Am frühen Nachmittag würde Alma kommen. Die Kleider legte sie unten in den Korb, und darüber würde sie den alten Rock und die Schuhe legen, die zum Schuster mussten. Alles sollte so aussehen, als gingen Alma und sie zum Schuhmacher nach Regendorf. Der Bichel hatte ihr auch gesagt, sie müsste das Medaillon mitnehmen. Als ob sie es vergessen würde. Sie trug es Tag und Nacht.

Peter Reisinger war gerade auf dem Weg nach Regendorf, um sich nach Arbeit zu erkundigen, da kam der Bichel ihm entgegen. Wie immer schien er gut gelaunt und winkte von Weitem.

»Nun, wie ist's? Wie ich sehe, hast wieder keine Kleider bei dir?«

Reisinger wusste nicht, wovon der Bichel sprach.

»Ich habe dir schon so viele Boten gesandt, mir die Kleider deiner Tochter zu schicken.«

Er habe keine Nachricht erhalten, erwiderte der Reisinger, weder vom Bichel noch von der Barbara. Wenn der Bichel auch nur das Geringste von seiner Tochter wisse, so soll er es ihm sogleich sagen, drängte der Reisinger.

»Ich kann dich beruhigen, deine Barbara hat es gut getroffen. Du hast so ein Glück. Nicht jede Tochter eines Tagelöhners heiratet einen Gesandten.«

»Warum rührt sie sich nicht? Ein kleines Zeichen würde uns genügen.«

»Was glaubst du? Die Barbara hat mit ihrem Mann etwas zu verwalten. Sie hat keine Zeit, sich mit dir und deiner Bagage herumzuschlagen. Sie ist jetzt eine feine Dame. Als ich sie vor wenigen Wochen in der Stadt traf, hat sie mir den Auftrag gegeben, nach ihren Kleidern zu schicken. Ich habe mich gewundert, dass du dich auf meine Nachricht hin nicht gemeldet hast, aber zum Glück läufst du mir heute über den Weg.« Der Bichel schlug dem verwirrten Reisinger auf die Schulter. »Nun denn! Da ich dich hier treffe, packe ich die Gelegenheit beim Schopf und hole die Kleider selbst ab.«

Dem Reisinger blieb nichts anderes übrig, als mit dem Bichel zum Häusl zurückzugehen. Dort trafen sie die Reisingerin mit der Gustl in der Stube an. Das kleine Mädchen versteckte sich hinter dem Rock der Großmutter, als sie den Großvater mit dem Fremden kommen sah. Selbst gutes Zureden half nichts. Die Gustl wollte sich dem Bichel nicht zeigen. Sie verbarg ihr Gesicht in den Falten des Rockes und schrie und weinte. Schließlich erbarmte sich der Reisinger, nahm das greinende Kind auf den Arm und ging mit ihm hinaus.

Die Reisingerin packte derweil alle zurückgelassenen Gewänder ihrer Tochter zusammen. Viele waren es nicht, Barbara hatte die meisten mitgenommen. Sie fragte den Bichel, warum Barbara sich an ihn gewandt hatte und sie nicht ein Wort von ihr erhielten.

»Reisingerin, die Antwort liegt auf der Hand.

Schau dich einmal um. Du musst verstehen, deine Tochter kann sich nicht mit solchen Habenichtsen sehen lassen. Sie hat jetzt ein anderes Leben.«

Was auch immer der Bichel ihr erzählte, die Reisingerin konnte es nicht glauben. Es hörte sich nicht nach ihrer Tochter an, die hätte nicht nach den alten Kleidern, sondern nach der Gustl geschickt. Aber was konnte sie tun? Sorgfältig legte sie ein Stück nach dem anderen in ein Fürtuch. Zuoberst legte sie eine gebundene Haarsträhne der kleinen Gustl mit hinein. Sie kannte ihre Tochter: Wenn die Barbara das Bündel öffnete und die Strähne sah, würde sie sich melden. Da war die Reisingerin sicher.

Stumm reichte sie dem Bichel das Bündel. Der warf einen Blick darauf und, ohne es anzuheben, beklagte er sich. »Das ist mir zu schwer. Da muss mir dein Mann oder du schon zur Hand gehen. Ich habe mein Fuhrwerk eine gute Stunde von hier beim Wirt in Zell stehen lassen. Hätte ich gewusst, dass mir dein Mann über den Weg läuft und ich das ganze Zeug schleppen muss, wäre ich mit dem Wagen gekommen. Das kannst mir glauben. Schließlich tue ich der Barbara einen Gefallen, indem ich ihr die Kleider hinterhertrage. Da ist es nur recht und billig, wenn einer von euch mir hilft.«

Barbaras Eltern hatten dem nichts entgegenzusetzen, und so trug der Reisinger das Bündel mit den Habseligkeiten seiner Tochter.

Wann immer Hermann Hufnagel, Gerichtsdiener am Landgericht in Burglengenfeld, die Tür öffnete, um eine neue Partei zum Richter vorzulassen, sprang die Frau von ihrem Platz auf und fragte ihn, wann die Reihe endlich an ihr sei. Und jedes Mal sagte er ihr, sie solle sich wieder hinsetzen, sie müsse sich ein wenig gedulden, sie bräuchte sich keine Sorgen zu machen: Auch sie käme an die Reihe. »Der Richter geht nicht nach Hause, solange einer vor der Tür sitzt und wartet.«

Jedoch beim nächsten Öffnen der Tür hatte das einfältige Frauenzimmer es wieder vergessen und bedrängte ihn erneut. Im Stillen fragte Hufnagel sich, wie deppert sie sein mochte, dass es ihr nicht in den Kopf ging, dass hier alles seine Ordnung haben musste. Der Richter war ein vielbeschäftigter Mann, da konnte nicht einfach eine jede Bauerndirn, die glaubte, beim Eierkauf übers Ohr gehauen worden zu sein, hereinplatzen, wie es ihr beliebte. Da Hufnagel aber ein geduldiger Mann war, dem in seiner Laufbahn als Diener bei Gericht bereits der eine oder andere untergekommen war, der es einfach nicht erwarten konnte, hielt er auch diesmal seine Zunge im Zaum und behielt seine Gedanken für sich. Er erklärte der Frau mit freundlicher, aber bestimmter Stimme, dass sie sich wieder auf die Bank setzen sollte. Es dauere ein wenig, aber dann sei die Reihe an ihr. Ehe die Frau sich zu ihrem Platz begab, bat sie ihn eindringlich, sie nicht zu vergessen, es sei wirklich dringend. Wie sie so dastand und ihn anflehte, eingelassen zu werden, da reute sie ihn sogar ein wenig. Jedoch Dienst ist Dienst, und auch die anderen Parteien hatten ein Recht, vorgelassen zu werden. Ob es ihr nun gefiele oder nicht, sie müsse sich gedulden. Am späten Nachmittag, als Letzte, kam auch sie schließlich an die Reihe.

Mit geröteten Wangen und sichtlich aufgebracht stand die Frau vor dem Richter. Dem konnte man die Last des Tages ansehen. Müde und abgespannt saß er hinter seinem Tisch. Der Schreiber fragte dic Frau nach ihrem Namen und woher sie käme. Auch wollte er den Grund wissen, der sie hierhergeführt hatte.

Sie stellte sich als Walburga Seidel vor. Sie sei die Tochter des verstorbenen Korbinian Seidel aus Regendorf und seiner ebenfalls verstorbenen Frau Magdalena. Sie sei hier vor Gericht erschienen, weil sie sich ernsthafte Sorgen um den Verbleib ihrer jüngeren Schwester mache. Katharina sei nun seit einem halben Jahr wie vom Erdboden verschluckt. Walburga berichtete in aller Ausführlichkeit, wie die Schwester Ende Januar das Haus verlassen habe. Wie ihre andere Schwester Therese und sie wenig später herausgefunden haben, war Katharina zum Viehhändler Bichel gegangen. Von dort war sie nicht mehr nach Hause zurückgekehrt, und seitdem hatte auch keiner die Katharina zu Gesicht bekommen. Ihre Schwester, die Therese, habe alles nur Erdenkliche unternommen, um Katharina ausfindig zu machen. Sie habe auch den Bichel zur Rede gestellt, aber der konnte ihnen nicht helfen. Doch gestern sei etwas geschehen, und darum sei sie hier:

Sie möchte den Bichel anzeigen.

Hierauf berichtete Walburga, wie sie am gestrigen Donnerstag zum Schneider in Regendorf gegangen war. Sie wollte sich dort ein Kleid ihrer verstorbenen Mutter umändern lassen. Der Schneider hatte ihr gesagt, sie solle es auf den Tisch legen, so könne er besser beurteilen, wie weit er die Falten und Nähte herauslassen konnte. Der Richter müsse wissen: Im Gegensatz zu ihr war die verstorbene Mutter eine zierliche Person gewesen.

Besagter Schneider ist einer der besten im Ort. Auf seinem Tisch lagen überall Stoffe und Änderungsarbeiten. Er wies darum den Lehrjungen an,

Platz zu schaffen. Der Junge machte sich daran, einen Teil der Kleider fortzuräumen. Er packte ein großes Bündel. Man konnte sehen, dass es fast zu schwer für ihn war. Und als er es auf dem Regal ablegen wollte, stieß er ungeschickt gegen einen Schemel, und die Kleider, die darauf lagen, fielen zu Boden. Sein Lehrherr sprang ob dieser Tollpatschigkeit auf und gab dem Buben eine kräftige Schelle. Er schimpfte ihn aus: »Ein fauler Esel schleppt sich auf einmal tot!« Der Bub schickte sich sogleich an, alles aufzuheben. Da sah Walburga das Zipfelchen eines sonnengelben Stoffes.

»Katharina hatte sich vor ihrem Verschwinden einen Spenzer in genau der gleichen Farbe anfertigen lassen!«

Wie der Blitz sei es in sie gefahren, erzählte Walburga dem Richter. Sie habe sich gebückt und einen Spenzer aus dem Stapel herausgezogen. Sie sei sicher, es ist der ihrer Schwester.

Der Richter meinte, es gäbe bestimmt mehr als ein gelbes Jäckchen auf dieser Welt.

Walburga erwiderte: »Euer Ehrwürden, ich lege meine Hand dafür ins Feuer. Es ist der, den sich die Katharina hat anfertigen lassen.« Sie berichtete weiter: »Sie können sich nicht vorstellen, was in diesem Moment in mir vorgegangen ist. Seit Monaten haben wir nach ihr gesucht, und nun finde ich den Spenzer. Mein Herz ist vor Freude in meiner

Brust gesprungen. Ich habe den Schneider gefragt, wer die Jacke zu ihm gebracht habe. Ob es die Katharina gewesen sei. Und wenn ja, ob er wisse, wo ich sie finden könne.«

Zu ihrer Überraschung wusste der Schneider nichts von einer Frau. Er erzählte ihr, ein Mann sei bei ihm gewesen, und für diesen soll er den Spenzer auch umarbeiten. Eine Leibweste soll es werden. Dafür müsste er den Rücken aus einem anderen Stoff arbeiten, denn die ursprüngliche Besitzerin des Jäckchens müsse sehr zierlich gewesen sein. Als Walburga den Namen des Kunden wissen wollte und auch dessen Anschrift, da sagte der Schneider zu ihrer Verwunderung: »Es ist der Bichel, der Viehhändler. Er kommt immer mit seinen Änderungen zu mir. Er und seine Frau sind gute Kunden.« Dann zeigte der Schneider Walburga verschiedene Stücke aus Barchent. Daraus hatte er für die Bichlerin einen schönen Rock genäht. Es ist so viel übrig geblieben, dass es nun noch für ein Leibchen reicht. Freilich, im Moment komme er nicht dazu, sie sehe selbst, wie viel Arbeit zu erledigen sei. Auch der Barchent, den er ihr zeigte, war Walburga bekannt vorgekommen, aber im Gegensatz zum Spenzer könne sie darauf keinen Eid ablegen.

Der Richter wollte von Walburga wissen, ob sie auch wirklich sicher sei, dass es sich um den Spenzer der Schwester handele. »Es ist eine schlimme

Sache, jemanden fälschlich zu beschuldigen. Zudem besteht schließlich auch die Möglichkeit, dass die Schwester dem Bichel das Gewand verkauft hat, ehe sie fortging.«

Dass es sich bei dem Spenzer um den der Katharina handele, sei leicht zu beantworten, sagte Walburga. »Ich selbst habe die Initialen meiner Schwester unter dem leinernen Versturz an der Innenseite angebracht. Katharina hat mich gescholten, weil ich einen blauen Faden und keinen gelben genommen habe. Als wenn man das sehen würde! Als ich das Jäckchen gestern in den Händen gehalten habe, habe ich als Erstes nachgesehen, um jede Verwechslung auszuschließen. Ich habe die beiden Buchstaben gefunden: das ›K‹ für Katharina und das ›S‹ für Seidel.«

»Was immer noch nicht klärt, ob der neue Besitzer nicht rechtmäßig zu dem Spenzer gekommen ist«, warf der Richter ein.

Walburga schüttelte den Kopf. »Das ist ausgeschlossen. Der Spenzer war erst wenige Tage vor Weihnachten fertig geworden. Katharina hatte ihn extra bei einem Schneider in der Stadt anfertigen lassen. Der Spenzer hatte ganz oben im Korb gelegen, als sie zum Bichel gegangen war. Ich habe es mit meinen eigenen Augen gesehen und mich gewundert, denn zu mir hatte sie gesagt, sie würde nur ein paar Besorgungen erledigen.«

Nach ihrer Entdeckung gestern war Walburga die ganze Nacht wach gelegen. Therese, ihre ältere Schwester, hatte sie gedrängt, nach Burglengenfeld zu gehen und die Angelegenheit bei Gericht zur Anzeige zu bringen. Nur so hätten sie eine Möglichkeit herauszufinden, wo Katharina war.

»Euer Ehrwürden, die Sache stinkt zum Himmel. Katharina würde nie fortgehen, ohne uns etwas davon zu sagen. Ja, sie ist ein naives und leichtgläubiges Kind. Aber gehen ohne ein Wort und nie wieder etwas von sich hören lassen? Das passt nicht zu ihr.« Darum hatte Walburga beschlossen, die drei Stunden nach Burglengenfeld zu laufen und ihr Anliegen ohne Verzug dem Richter vorzutragen, um es so am Landgericht zur Anzeige zu bringen.

Nachdem er Walburga angehört hatte, rieb sich der Richter nachdenklich das Kinn. Er wollte wissen, ob Walburga sich beim Bichel nach dem Verbleib der Katharina erkundigt und was dieser zu der Angelegenheit zu sagen habe.

»Ja, die Therese war beim Bichel. Allerdings hat der sie nur vertröstet. Er weiß von nichts, hat er zu ihr gesagt. Auch sonst haben wir nichts unversucht gelassen. Indessen sind alle Erkundigungen und Nachfragen im Sande verlaufen. Der Spenzer, den ich gestern beim Schneider gefunden habe, der ist das erste Zeichen. Ich glaube, es ist eine Fügung Gottes, und ich bitte Sie recht herzlich, etwas in dieser Angelegenheit zu unternehmen. Die Katharina kann nicht einfach weg sein. Ein Mensch löst sich nicht in Luft auf!«

Der Richter versprach Walburga, sich um die Sache zu kümmern. Gleich morgen würde er die Gemeindediener zum Bichel nach Regendorf schicken, um diesen zu befragen. Auch Walburga könne sich nützlich machen, indem sie gemeinsam mit dem Schreiber eine Liste aller Dinge aus dem Besitz der Katharina erstelle.

Der Richter gab Walburga zu verstehen, dass sie nun gehen könne. Doch die rührte sich nicht von der Stelle. Der Richter blickte auf und fragte: »Gibt es noch etwas, das du mir sagen möchtest?«

»Ich weiß nicht.«

»Nur heraus mit der Sprache, ich höre dir zu.«

»Es hat nichts mit dem Tag zu tun, an dem Katharina verschwunden ist, und darum bin ich mir unschlüssig, ob ich es überhaupt erwähnen soll … Auch hatte ich die Angelegenheit bis gerade eben völlig vergessen.« Die Zerrissenheit war Walburga anzusehen.

»Was, wenn du mir die Angelegenheit erzählst, und ich beurteile, ob es wichtig ist oder nicht?«

Walburga nickte und berichtete dem Richter, dass sie Katharina im letzten Jahr nach der Christmette kurz aus den Augen verloren hatten. Es war die Nacht gewesen, in der Katharina ihren gelben

Spenzer zum ersten und einzigen Mal getragen hatte. Vielleicht war das auch der Grund, warum der Zwischenfall ihr, der Walburga, jetzt wieder eingefallen war. Anfangs hatten Therese und sie Katharinas Fehlen nicht bemerkt, da sie sich nach der Messe mit einigen Nachbarn unterhalten hatten. Erst als die meisten den Kirchhof längst verlassen hatten, war es ihnen aufgefallen. Sogleich hatten sie nach ihr gesucht und sie wenig später auch gefunden. Katharina sei etwas abseits der Kirche gestanden. Aber nicht allein. Als sie auf Katharina zugingen, sahen sie einen Mann bei ihr, der entfernte sich jedoch sofort, als er Walburga und Therese kommen sah.

Ob sie den Unbekannten erkannt hätten, wollte der Richter wissen.

Walburga antwortete, es sei zu dunkel gewesen und sie habe den Mann auch nur ganz kurz und von hinten gesehen. Auf dem Nachhauseweg sei Katharina recht still und in sich gekehrt gewesen. Als sie sie fragten, ob alles in Ordnung war, wollte Katharina wissen, ob sie es für möglich halten, dass man in die Zukunft schauen könne? Und wenn dem so wäre und ihnen jemand anbieten würde, mit einem Erdspiegel in die Zukunft zu sehen, ob sie das auch tun würden?

Therese und Walburga hatten ihrer Schwester damals auf den Kopf zugesagt, dass das absoluter

Schwachsinn sei. Nur eine einfältige und dumme Person glaube an einen solchen Unfug. Sie haben ihre kleine Schwester ausgelacht und gefragt, wer ihr diesen Floh ins Ohr gesetzt habe. Die Schwestern triezten und neckten sie ein wenig, aber Katharina blieb seltsam einsilbig und sagte schließlich gar nichts mehr.

Walburga habe nicht mehr an den Vorfall gedacht. Nun frage sie sich, ob die Sache womöglich etwas mit Katharinas Verschwinden zu tun habe? Wenn der Bichel oder der Unbekannte ihr diesen Unsinn erzählt hätte, was dann? Walburga war davon überzeugt, irgendetwas musste geschehen sein, irgendjemand musste Katharina etwas eingeflüstert haben, und das naive Kind habe es für bare Münze genommen. Sie war sicher: Wenn einer der Katharina angeboten hätte, in einen Erdspiegel zu blicken, ihre Schwester hätte es getan.

Am Tag darauf machten sich die Abgesandten des Gerichts auf Anordnung des Richters auf den Weg. Die Gruppe bestand aus acht Personen: Der Beamte Johann Ziegler führte die Untersuchung an. Ihm zur Seite stand ein Schreiber, der alles protokollieren sollte. Dazu kamen sechs Stadtknechte, deren Aufgabe es war, das Haus des Beschuldigten zu durchsuchen. Wenn sie auf etwas stoßen sollten, das den Verdacht gegen den Bichel erhärtete, waren sie angewiesen, diesen unverzüglich festzusetzen und noch am selben Tag vor den Richter zu bringen.

Die Sonne stand bereits hoch am Himmel, als sie an die Tür des Bichel klopften. Die Bichlerin erschrak beim Anblick der Abgesandten des Gerichts vor ihrer Tür, als sie diese öffnete. Johann Ziegler wollte von ihr wissen, ob ihr Mann im Hause sei, und als sie dies verneinte, fragte er sie in barschem Ton, wo der Bichel sich aufhalte.

Er sei in aller Früh hinaus in den Wald gegangen, stammelte die Bichlerin, und auch sie wollte nur noch ein paar Dinge im Haus erledigen und sich dann auf den Weg machen.

Ziegler fuhr sie an, sie müsse ihm schon genau sagen, wo ihr Mann zu finden sei. Dies hier sei eine offizielle Untersuchung im Auftrag des Gerichts, ob sie sich dessen bewusst sei? Seine Leute könnten nicht den ganzen Wald der Umgebung absuchen. Und sie selbst gehe erst einmal nirgends hin. »Also heraus mit der Sprache, wo hält sich dein Mann auf?«

Eingeschüchtert entgegnete die Bichlerin, sie hätten einen Wald gleich bei Faulwies. Ihr Mann wollte sich dort mit dem Pächter und dessen Knecht treffen. Was er genau vorhabe, wisse sie nicht, wie sie auch sonst nicht viel über seine Angelegenheiten wisse. Sie versorge das Haus und gehe ihren eigenen Geschäften nach, und um alles andere kümmere sich der Bichel. Der im Übrigen ein guter und unbescholtener Mann sei und sie aufrichtig liebe.

»In seinem ganzen Leben hat er sich nie etwas zuschulden kommen lassen. Darum verstehe ich nicht, was das Gericht nun von ihm will. Es muss sich um einen Irrtum handeln.«

Ziegler forderte die Bichlerin auf, den Weg nach Faulwies in aller Ausführlichkeit zu beschreiben. Danach ordnete er zwei der Stadtknechte ab, den Bichel zu suchen. Bei der geringsten Gegenwehr sollten sie ihn ohne weitere Umstände festnehmen und nach Burglengenfeld zum Richter bringen. Mit den Verbleibenden verlangte er unverzüglichen Einlass.

Die Bichlerin zitterte am ganzen Leib. Ziegler wies sie an, sich in der Stube auf den Schemel zu setzen und sich nicht von der Stelle zu rühren. Bewacht von einem Stadtknecht saß sie da wie ein Häuflein Elend. Ziegler selbst durchsuchte mit den anderen derweil das Haus. Dabei waren sie nicht zimperlich, kehrten das Unterste zuoberst. Wann immer ihnen etwas verdächtig vorkam, musste die Bichlerin Rede und Antwort stehen. Der Schreiber saß die ganze Zeit am Tisch unter dem Herrgottswinkel und notierte fleißig jedes Detail, während der Ziegler seine strenge Befragung durchführte.

»Woher kommen die Kleider in der Truhe in der Stube?«

»Die habe ich von meinem Mann bekommen.«

»Und die in der Truhe unter dem Dach?«

»Unter dem Dach? Die habe ich noch nie gesehen.«

»Du hast die Truhe mit den Kleidern nicht gesehen? Es ist doch dein Haus!«

»Ich gehe nur selten hinauf. Da müssen Sie den Bichel fragen.«

»Einen schönen Rock haben wir in deiner Schlafkammer gefunden. Woher kommt der Stoff dafür?«

»Den Barchent? Den hat mir mein Mann bei der

Kramerin in Steinrinnen gekauft. Sie wird es bestätigen, wenn Sie nachfragen.«

»Dein Mann bringt wohl viele Dinge von seinen Reisen mit? Sprich!«

»Er ist ein guter Mann, er bringt mir immer Geschenke mit.«

»Kannst du mir etwas über den Verbleib der Katharina Seidel sagen?«

»Nein, ich kenne das Mädchen nicht.«

»Du hast nichts von ihr gehört?«

»Die Leute reden viel. Vom Hörensagen habe ich erfahren, dass sie auf und davon ist. Nur was soll mein Mann damit zu schaffen haben? Ich glaube nicht, dass er das Mädchen kennt.«

»Dann bist du wohl die Einzige, die nicht weiß, dass Katharina hier war.«

»Ich habe sie nicht gesehen, und der Bichel hat mir nichts davon erzählt.«

»Lüg mich nicht an! Du kannst dir sicher sein, wir werden so lange suchen, bis wir etwas finden.«

»Bei uns gibt es nichts zu finden, und wir wissen nichts über den Verbleib der Katharina. Sie ist nicht hier und war es auch nie.«

»Bichlerin, das kannst dem Richter erzählen.«

Wie abgemacht holte Alma Charlotte von zu Hause ab. Auch sie hatte zur Tarnung einen Korb mitgenommen. Den Eltern sagten sie, sie wollten gemeinsam die eine oder andere Besorgung erledigen. Es mache einfach mehr Spaß, wenn man zu zweit sei. Sie würden zuerst zum Schuhmacher gehen, denn die Absätze an Almas Schuhen müssten neu gemacht werden, und die Stiefel des Vaters bräuchten neue Sohlen. Danach stünde der Gang zum Schneider an. Charlottes Mutter ermahnte sie, nicht zu viel Zeit zu verplempern, es gebe im Haus genügend andere Dinge zu tun. Der Vater versuchte, die Mutter zu besänftigen, sagte ihr, sie solle nicht zu streng sein, die Mädchen bräuchten auch einmal ein bisschen Müßiggang, das Leben sei nicht nur werkeln und arbeiten. Beim Abschied steckte er Charlotte einen halben Gulden zu, damit sie sich auf dem Rückweg bei der Kramerin etwas kaufen konnten. Ein paar Guatl oder ein wenig Naschwerk.

Gerade als die beiden jungen Frauen hinter der

Kirche den Weg hinauf zum Bichelhof einschlagen wollten, kam ihnen ein Wagen entgegen. Darauf saß, flankiert von zwei Uniformierten, der Bichel. Er hatte den Kopf gesenkt, und seine Arme waren ihm auf den Rücken gebunden. Hinter dem Wagen lief eine Schar von Buben aus der Nachbarschaft her. Die Jungen lachten und feixten, und einer von ihnen warf Kieselsteine in Richtung des Fuhrwerks.

Die Nachricht von der Verhaftung des Viehhändlers verbreitete sich wie ein Lauffeuer im ganzen Ort. Die Leute sagten, das Landgericht in Burglengenfeld habe fünf, nein zehn Stadtknechte zur Verhaftung des Bichel abgesandt. Einige seien oben beim Haus, um es zu durchsuchen. Die Bichlerin sitze bewacht in der Stube. Wenn man oben durch das Fenster schaue, könne man sie sehen.

Den Bichel selbst haben sie draußen im Holz bei Faulwies festgesetzt. Was ihm vorgeworfen wurde, konnte keiner sagen. Darum schossen auch die Vermutungen ins Kraut. Einer meinte gar, der Bichel habe bei einem seiner Geschäfte einen adeligen Herrn übers Ohr gehauen. Ein anderer wiederum glaubte zu wissen, der Pfarrer in Haugenried habe Anzeige erstattet, weil der Bichel ihm ein krankes Fohlen verkauft habe. Und ein dritter verdächtigte die Franzosen hinter der ganzen Angelegenheit. Die Mehrheit konnte sich jedoch keinen Reim darauf machen, denn der Bichel war bekannt als Mann, der sich nichts zuschulden kommen ließ.

Charlotte hoffte, dass sich alle Anschuldigungen in Luft auflösten. Es ging ihr nicht um den Bichel, dessen Geschick war ihr gleichgültig. Was sie wollte, war, durch den Erdspiegel einen Blick auf den Ander zu werfen. Dafür hätte sie alles gegeben, und nun musste sie sich wieder gedulden.

Walburga war, wie es der Richter angewiesen hatte, am nächsten Tag erneut um die Mittagszeit bei Gericht in Burglengenfeld erschienen und hatte ihre Schwester Therese mitgebracht. Während Walburga draußen auf der Bank warten musste, wurde Therese in aller Ausführlichkeit befragt. Der Richter wollte herausfinden, was an den gegen den Bichel vorgebrachten Anschuldigungen wahr war. Ob die Kleider die der Katharina Seidel waren, wie der Beschuldigte an diese gekommen sein konnte und ob er am Ende gar etwas mit deren Verschwinden zu schaffen hatte? Der ganze Vorfall erschien undurchsichtig. Auch von Therese wollte man wissen, welche Kleidungsstücke Katharina an jenem Tag bei sich hatte. Sie konnte jedoch nur sagen, was an Kleidern fehlte, und nicht, welche Katharina getragen hatte. Die fehlenden Stücke beschrieb sie jedoch in aller Ausführlichkeit und wusste auch, bei welchem Schneider sie angefertigt worden waren. Darüber hinaus erwähnte sie auch die goldfarbenen Ohrringe, die ihre Schwester getragen hatte. Katharina hatte sie einst von ihrer Patin geschenkt bekommen.

Zum Tag des Verschwindens konnte Therese nur wenige Angaben machen. Sie war, wie sie dem Gericht berichtete, zeitig am Morgen nach Regensburg aufgebrochen und hatte in einem Gasthof übernachtet, da die Erledigungen viel mehr Zeit in Anspruch genommen haben als gedacht. Als sie am darauffolgenden Tag endlich wieder zu Hause war, war es bereits Mittag. Ihre Schwester Walburga hatte ihr sofort von der Abwesenheit Katharinas berichtet.

Noch in derselben Stunde war sie zum ersten Mal zum Bichel hinaufgegangen, hatte ihn aber nicht angetroffen. Am Tag darauf war sie wieder vorstellig geworden, indes der Bichel hatte sie mit einer fadenscheinigen Geschichte abgewimmelt. Seitdem hat sie nichts unversucht gelassen, mehr über den Verbleib ihrer Schwester herauszufinden. Allerdings, wenn sie ehrlich war, so wusste sie nicht, wo sie mit der Suche hätte anfangen sollen. Sie wollte die alte Mare fragen, da die am Morgen von Katharinas Verschwinden auf den Hof gekommen war. Doch die Mare war, ehe Therese mit ihr hatte sprechen können, tot in ihrem Bett aufgefunden worden. So verlief auch diese Spur im Sand.

Der Schreiber notierte eifrig jedes Wort.

Die Befragung war noch in vollem Gange, da kam

einer der Gerichtsdiener in den Saal gestürmt: Die Stadtknechte haben den Bichel verhaftet. Der stehe nun draußen vor der Tür. Was sie mit ihm machen sollen, wollte er vom Richter wissen. Sollen sie ihn auf die Bank neben die Schwester des verschwundenen Mädchens setzen oder soll er gleich zur Befragung hereingeführt werden?

Der Richter wies an, der Bichel solle in einigem Abstand zur Walburga warten. Jeder Kontakt zu der Zeugin solle vermieden werden. Am besten wäre es, wenn der Verdächtige am Ende des Flurs abgeschirmt von den anderen unter Bewachung sitzen würde. Außerdem wolle er sogleich mit einem der Stadtknechte sprechen, der bei der Festsetzung des Bichel dabei war. Von diesem wollte der Richter wissen, was sich bei der Verhaftung zugetragen habe.

Der Stadtknecht berichtete, wie sie den Delinquenten nahe des Wäldchens bei Faulwies antrafen. Der Bichel habe nicht mit ihnen gerechnet. Als sie ihm den Grund für seine Festsetzung nannten, konnte man sehen, wie er um Fassung rang. Sogleich habe der Verdächtige versucht davonzulaufen. Doch die Stadtknechte seien schneller gewesen. Als sie ihn stellten, drehte und wand er sich, als wollte er in aller Hast etwas verbergen. Die Stadtknechte forderten den Bichel auf, ihnen zu zeigen, was er zu verstecken versuche. Als der sich weigerte, sei es zu einer Rangelei gekommen. Dabei habe der Bichel ein Tuch, das er zuvor um den Hals getragen habe, fortgeworfen. Dieses habe sich an einem Brombeerstrauch verfangen und wäre vielleicht für immer unentdeckt geblieben, hätte der Beschuldigte nicht in einem Moment, in dem er sich unbeobachtet fühlte, versucht, mit dem Fuß Laub darüber zu streifen, um es so endgültig verschwinden zu lassen. Der Vorgang blieb von einem der Stadtknechte nicht unbemerkt, und so gelang es ihnen, das Tüchlein sicherzustellen. Mit den Worten »Hier ist es« legte der Mann ein Stück roten Stoffes auf den Richtertisch.

»Jesus Maria! Das ist das Tüchelchen meiner Schwester Katharina!«, entfuhr es Therese.

Der Richter ermahnte sie, nicht voreilig zu urteilen. Therese solle sich das Tuch zuerst genauer ansehen. »Seidelin, du erhebst hier eine schlimme Anschuldigung. Du musst absolut sicher sein, um nicht einen Unschuldigen in Verdacht zu bringen.«

Indes Therese bestand darauf: »Ich kenne das Tuch. Ich kann sogar sagen, wann und wo wir es gekauft haben.« Sie griff danach und zeigte dem Richter eine kleine Naht. »Und hier, sehen Sie den Triangel? Den hat meine Schwester einmal versehentlich hineingerissen, und ich habe ihn damals geflickt.«

Die Beweise waren erdrückend. Der Richter ordnete an, den Bichel sogleich zum Verhör hereinzubringen.

Wie er so vor dem Richter stand, sah der Bichel nicht aus wie einer, dem die Gemeinheit aus dem Gesicht sprang. Wäre dies der Fall gewesen, wäre die Sachlage eine einfachere. »Selbstverständlich bin ich bereit, Rede und Antwort zu stehen«, sagte der Bichel freundlich. »Auch wenn ich nicht im Mindesten den Grund für meine Verhaftung kenne. Ich bin ein ehrlicher Mensch, ich habe in meinem ganzen Leben keinen betrogen. Sie können gerne Erkundigungen über mich einholen. Dann werden Sie sehen, dass ich nicht lüge.«

»Warum hast du dich der Verhaftung widersetzt und versucht, das Tüchlein zu verbergen?«, wollte der Richter wissen.

»Ich wollte es nicht verbergen. Ich war nur ängstlich und überrascht, weil plötzlich die beiden Stadtknechte ohne ein Wort der Vorwarnung auf mich zugesprungen sind. Ich habe sie zuerst gar nicht erkannt und dachte, es wären zwei Halunken, die gekommen sind, um mich auszurauben. Mir stand vor Angst der Schweiß auf der Stirn, und als ich ihn mit dem Tuch abwischen wollte, muss es zu Boden gefallen sein. Der hochwürdige Herr Richter stimmt mir bestimmt zu, dass ein jeder an meiner Stelle wohl zu Tode erschrocken wäre. Wenn Sie mich nach dem Tüchlein fragen, das habe ich vor nicht allzu langer Zeit auf dem Trödelmarkt in Regensburg gekauft.«

»So, so, in Regensburg. Den Barchent und den gelben Spenzer, den hast du wohl auch von dort?«

»Der Barchent, den habe ich von einer Krämerin gekauft.«

»Du wirst dich bestimmt an den Namen der Frau erinnern, oder?«

»Es war eine jener Karrerinnen, die von Haus zu Haus ziehen. Wenn ich sie sehen würde, würde ich sie wiedererkennen, da bin ich sicher. Ich könnte Stein und Bein schwören, auf die Bibel und, wenn der hochwürdige Herr Richter will, auch auf das Kruzifix: Ich habe keine Ahnung, worum es hier geht.« Er blickte zerknirscht, es war ihm anzusehen, wie leid es ihm tat, nicht weiterhelfen zu können.

»In welchem Verhältnis stehst du zu den Seidel-Schwestern?«, fragte der Richter.

»Die Schwestern sind mir nur vom Hörensagen bekannt. Ja, die Katharina ist bei mir gewesen. Aber ich habe mit der Angelegenheit nichts zu tun, auch darauf kann ich jeden Eid schwören. An dem

Tag ist ein junger Herr bei mir vorstellig geworden, aus Landshut, wenn ich mich recht besinne. Er hat mir erzählt, die Katharina und er seien einander von Herzen zugetan, nur die Schwestern stünden dem Liebesglück der beiden im Weg.«

»Aus Landshut, sagst du?« Der Richter blätterte in seinen Unterlagen. »Der Therese hast du gesagt, er wäre aus Stadtamhof gewesen.«

»Landshut, Stadtamhof. Euer Ehren, ich kann mich nicht mehr genau erinnern. Das Ganze ist bereits Monate her. Ich habe das Mädchen und den jungen Herrn an jenem Tag nur kurz gesprochen. Da kann es einem passieren, dass man etwas verwechselt. Auch gebe ich zu: Ich hätte mich nicht darauf einlassen sollen. Es ist meine Schuld, Euer Ehren, ich habe einfach ein zu weiches Herz für die Liebenden. Ich hätte nie erlauben dürfen, dass er sich dort, ohne Wissen der Schwestern, mit dem Mädchen trifft. Dafür muss ich mich entschuldigen. Nie im Leben hätte ich gedacht, dass es den Schwestern so ein großes Leid und solche Sorgen bereiten würde.«

Während der Bichel sprach, hatte er sich der Therese zugewandt. Es hatte den Anschein, als hätte er Tränen der Reue in den Augen. »Alles, was ich weiß, ist, dass Katharina noch am selben Tag mit dem Mann fortgegangen ist. Mir ist zu Ohren gekommen, es würde ihr gut gehen. Man hat sie gesehen, gekleidet nach der französischen Mode, und ich habe darum angenommen, sie habe ihr Glück gefunden.«

»Wer hat dir davon berichtet?«

»Ich glaube, es muss einer meiner Kunden gewesen sein.«

»Denk nach! Wann und wo hast du davon gehört?«

Der Bichel schüttelte den Kopf. Daran könne er sich beim besten Willen nicht erinnern. »Ich komme viel herum, ich rede mit vielen, und ich habe das Mädchen kaum gekannt. Wenn einem da einer was erzählt, ist es schnell wieder vergessen.«

All jenen, die bei der Befragung zugegen waren, fiel auf, dass der Bichel dazu neigte, ausweichend zu antworten, wenn der Richter etwas genauer wissen wollte. Gab der sich mit einer Erklärung nicht zufrieden und bohrte nach, fing der Bichel an zu stottern und verhaspelte sich. Von Zeit zu Zeit errötete er, nur um gleich darauf wieder weiß wie die Wand zu sein. Auch wenn sein ganzes Verhalten von Unruhe und Nervosität geprägt war, machte er grundsätzlich nicht den Eindruck eines Lügners oder bösartigen Menschen. Er wirkte auch nicht so, als wollte er eine Schuld verheimlichen.

Der Richter blätterte in seinen Papieren. Dann fragte er den Bichel, ob er wisse, was ein Erdspiegel sei und ob sich ein solcher in seinem Besitz befinde.

Für einen kurzen Moment schien es, als würde der Bichel die Fassung verlieren. Sein Gesicht lief feuerrot an, Schweißperlen standen ihm auf der Stirn. Auch glaubte der Schreiber gesehen zu haben, wie der Bichel kurz wankte. Gleich darauf hatte er sich wieder in seiner Gewalt. Mit leicht zitternder Stimme sagte er: »Mit dieser Art von Wissenschaft kenne ich mich nicht aus. Vor einem guten Jahr, da hat einmal ein Hausierer an meine Tür geklopft. Es war ein kleiner Kerl mit flinken Augen und einem großen Kropf. Der Mann hat seltsam ausgesehen, Kinn, Hals und Kropf waren eines gewesen. Er hat mich an einen Frosch erinnert, mit seinen dünnen Beinen und dem halslosen Körper. Der Mann hatte einen Guckkasten dabei. Der Kasten ist in etwa so groß gewesen«, der Bichel zeigte mit seinen Händen einen Fuß an. »Der Deckel an der Oberseite konnte angehoben werden, und man konnte hineinsehen. Ich selbst habe nie davon Gebrauch gemacht. Der Fremde hat mir versichert, dass vor allem die Weiberleut davon ganz angetan seien. Er versprach ihnen, wenn sie ins Kästchen blickten, würden sie ihren Liebsten sehen. Der Hausierer hat gesagt, Frauen, egal ob jung oder alt, seien ganz hingerissen von solch einer Wissenschaft. Weiß Gott, ich halte nicht viel von dieser Magie. Euer Hochwürden, Sie können gerne meine Frau fragen, die wird meine Angaben bestätigen.« Und wieder bot er dem Richter an, einen Eid darauf zu schwören. »Ich soll auf der Stelle tot umfallen, wenn es eine Lüge ist.«

In der Zwischenzeit war auch Johann Ziegler mit den beiden Truhen, die in der Stube und unter dem Dach des Bichel gefunden worden waren, am Landgericht eingetroffen. Er war es auch, der die Frau des Bichel in Gewahrsam genommen hatte.

Ziegler berichtete dem Richter, dass das Weib sehr verstockt sei. Sie gebe keine Antwort, nur die, dass ihr Mann von seinen Reisen immer Kleider und andere Dinge mitgebracht habe. »Auch wiederholt sie immer wieder, dass er ihr ein guter Mann ist und sie nicht den geringsten Anlass zur Klage hat.« Bei der Durchsuchung der Kiste, die in der Stube stand, habe er weitere von den Seidel-Schwestern beschriebene Kleider entdeckt. So fand er einen wattierten Rock und ein baumwollenes Schnürleibchen. Beides sei eindeutig aus dem Besitz der Katharina, schließlich waren ihre Initialen eingestickt. Unter den Kleidern in dieser Kiste befanden sich auch welche, die nicht der Katharina Seidel gehören konnten. Aus der Bichlerin war nichts herauszukriegen. Ziegler habe darum in den

Kleidern nach Initialen oder anderen Hinweisen gesucht, aber nichts gefunden. Schließlich war ihm der Zufall zu Hilfe gekommen.

»Ein Mann, der sich mir als Peter Reisinger vorstellte, kam auf den Hof. Er wollte sich nach dem Stand der Untersuchung erkundigen. Er erzählte mir, dass auch seine Tochter seit Monaten verschwunden war. Wie die Katharina war auch sie das letzte Mal gesehen worden, als sie sich auf den Weg zum Bichel gemacht hatte. Reisinger war auf der Suche nach Arbeit, als er durch Zufall von der Verhaftung des Bichel hörte. Ohne zu zögern, habe er sich sogleich auf den Weg zum Anwesen gemacht. Seine Frau und er wollen endlich wissen, wo sich ihre Tochter Barbara befindet. An die Ausreden, die ihm der Bichel damals aufgetischt habe, glaube er längst nicht mehr. Mir erschien es wie ein seltsamer Zufall, dass beide Frauen ausgerechnet nachdem sie auf dem Hof beim Bichel waren verschwanden. Darum habe ich den Reisinger gebeten, einen Blick auf die Kleider zu werfen. Und als hätte ich es nicht bereits geahnt, wurde dieser fündig. Reisinger erkannte einen blauen Rock, dessen Saum falsch besetzt worden war, als den der Barbara, und er fand auch ein dazu passendes Leibchen sowie ein wollenes Tuch, das seiner Tochter gehörte. Auch sei der Bichel nach dem Verschwinden der Barbara bei ihnen gewesen. Er habe unter einem Vorwand die restlichen Kleider der Barbara eingefordert. Ihm war damals nichts anderes übrig geblieben, als sie dem Bichel auszuhändigen, schließlich war er in der Annahme, dass dieser im Auftrag seiner Tochter handelte. Der Reisinger erzählte mir, seine Frau habe sie zusammengelegt, und er habe dem Bichel sogar beim Tragen geholfen.«

Über die Kleider in der zweiten Kiste, jener vom Dachboden, habe Ziegler bisher nichts in Erfahrung bringen können. Das Eheweib des Bichel weigere sich, ihm Auskunft zu erteilen. Dass sie so unschuldig war, daran konnte der Ziegler, wie er dem Richter mitteilte, nicht glauben. »Im Laufe der Hausdurchsuchung kamen immer mehr Menschen. Einer der Stadtknechte musste an der Tür Wache stehen, so sehr drängten die Neugierigen herbei. Nicht wenige berichteten, die Bichlerin habe ihnen Kleidungsstücke zum Kauf angeboten. Die Frau des Schusters gab an, die Bichlerin habe ihr den wattierten Rock der Katharina verkaufen wollen. Der Handel sei jedoch nicht zustande gekommen, da sie sich über den Preis nicht einig werden konnten. Auch habe die Schusterin gehört, dass der Bichel versucht habe, mehrere Mädchen auf seinen Hof zu locken. Allesamt unter dem Vorwand, ihnen die Zukunft weissagen zu wollen. Inwieweit den Aussagen der Schusterin zu glauben ist, vermag ich nicht zu sagen. Das Weib hat nicht den besten Leumund, wie mir von anderen versichert wurde. Sie ist verschrien als eine, die sich gerne das Maul über ihre Nachbarn zerreißt. Auch mit der Wahrheit soll sie es nicht immer genau nehmen. Sie neigt dazu, Geschichten auszuschmücken, ist mir zu Ohren gekommen.« Des Weiteren habe sie behauptet, die Katharina am Tag ihres Verschwindens mit einem Korb in der Gegend des Bichelhofs gesehen zu haben. Sie könne sich beim besten Willen nicht mehr erinnern, wann genau sie sie gesehen haben will. Glaubte aber, dass es am späten Vormittag war.

»Die Aussagen der anderen Zeugen beziehen sich meist auf Geschichten, die diese vom Hörensagen wussten, und sind somit nicht zu gebrauchen«, schloss Ziegler seinen Bericht. Nachdem der Richter alle Parteien angehört hatte, räumte er sich einen Tag des Bedenkens ein.

Die Anhörung war damit geschlossen.

Der Bichel und seine Frau mussten die Nacht im Gefängnis verbringen, während die im Haus verbliebenen Stadtknechte weiter nach Hinweisen auf die vermissten Mädchen suchten.

Am anderen Morgen fanden sich alle Beteiligten wieder in Burglengenfeld ein. Die Seidel-Schwestern und auch Peter Reisinger und seine Frau waren gekommen, um sich den Beschluss des Richters anzuhören. Der Saal war bis auf den letzten Platz gefüllt. Alle erwarteten mit Spannung das Ergebnis der Untersuchung. Durch die Anwesenden ging ein Zischeln und Raunen, als der Bichel und die Bichlerin hereingeführt wurden. Beide nahmen sie in der Bank vor dem Richtertisch Platz.

Kurz darauf kam der Richter. Es herrschte absolute Stille, als er zu sprechen begann: »Alles deutet auf ein großes, um nicht zu sagen schreckliches Geheimnis hin. Aber noch immer fehlt es an dem Wesentlichen, an dem Tatbestand des Verbrechens. Dass Katharina Seidel verschwunden ist, ist gewiss. Dass Barbara Reisinger verschwunden ist, nicht minder. Dass dem Ganzen ein Verbrechen zugrunde liegen könnte, daran besteht, folgt man dem gesunden Menschenverstand, ebenfalls kein

Zweifel. Nur welches Verbrechen? Entführung? Totschlag? Mord? Nirgends ist eine sichere Spur zu finden, überall Mutmaßung, wohin man sich auch wendet.

Auch wenn es äußerst fraglich ist und wir keine Anhaltspunkte dafür finden konnten, so besteht dennoch die Möglichkeit, dass die beiden Frauen aus freien Stücken fortgegangen sind. Katharina Seidel könnte tatsächlich mit jenem ominösen Unbekannten verschwunden sein. Ob nach Stadtamhof oder Landshut, das wissen wir nicht. Und, ja, sie könnte dort geheiratet haben und unter einem anderen Namen leben. Auch das ist nicht auszuschließen. Selbst wenn ihre Schwestern und alle, die sie gekannt haben, dies für unwahrscheinlich halten. Freilich, woher wollen wir wissen, was im Kopf der jungen Frau vorgegangen ist?

Im Fall der Barbara Reisinger ist es nicht anders. So manche junge Mutter hat ihr Kind bei den Eltern zurückgelassen und ist aufgebrochen in ein neues Leben. Wenn die Angaben des Bichel stimmen und sie mit einem Gesandten zu Regensburg verheiratet ist, macht dies die Sache nicht einfacher. In der Stadt gibt es über dreißig Gesandtschaften, und mir sind die Hände gebunden. Ohne stichhaltige Beweise kann ich keine Auskunft verlangen. Dies überschreitet meine Befugnisse und Möglichkeiten bei Weitem. Nicht daran zu denken, welche internationalen Folgen es nach sich ziehen würde. Die Gesandten sind schließlich die Abgeordneten ihrer Länder. Die würden sich von einem Richter des Landgerichtsamtes Burglengenfeld nicht gängeln lassen wollen.

Auch die Untersuchung im Haus des Bichel hat nichts erbracht. Nirgends fanden sich Blutspuren, die auf eine Gewalttat hinweisen hätten können. Die Suche im Haus ist somit ohne weitere Ergebnisse beendet.

Selbst die Unterschlagung der Kleider kann dem Bichel nicht nachgewiesen werden. Den Trödelmarkt in Regensburg gibt es, und auch die von Haus zu Haus ziehenden Krämerinnen sind in unserer Gegend keine Seltenheit. Es kann dem Verdächtigen auch kein Strick daraus gedreht werden, dass er sich weder an den Tag des Kaufes noch an die Namen der Tändlerinnen erinnern kann.

Katharina Seidel und Barbara Reisinger sind somit die Einzigen, die die Aussage des Bichel bestätigen oder widerlegen können. Solange sie verschwunden bleiben, wird auch der Fall ungeklärt bleiben. Damit steht fest: Solange die Frauen nicht gefunden werden, tot oder lebendig, sind mir die Hände gebunden. Mir bleibt keine andere Wahl, als den Bichel und seine Frau aus dem Gewahrsam zu entlassen.«

Durch den Saal ging ein Raunen. Der Richter ermahnte die Anwesenden, ruhig zu bleiben und den Saal zu räumen, damit das Tagesgeschäft des Gerichts ungehindert weitergehen konnte. Während sich Katharinas Schwestern und Peter Reisinger mit seiner Frau enttäuscht auf den Weg machten, war dem Bichel die Erleichterung anzusehen. Er war ein freier Mann.

Bereits eine ganze Weile ging der Fremde neben Aloisia Graber her. Kurz hinter Haag war er zu ihr gestoßen. Zunächst war es ihr angenehm gewesen, nicht allein nach Regensburg laufen zu müssen. In Gesellschaft verging die Zeit viel schneller. Man unterhielt sich über dieses und jenes, man hörte, was es Neues in der Umgebung gab, wer geheiratet hatte und wer gestorben war.

»Mit dem Reden kommen die Leute zusammen«, sagte die Mutter immer.

Der Mann durfte auf die fünfzig zugehen, war aber für sein Alter recht flink zu Fuß. Ohne schnaufen zu müssen, hielt er mit dem Tempo der jungen Frau mit. Er war ein unterhaltsamer Reisegefährte. Er erzählte, er sei viel in der Welt herumgekommen. In jungen Jahren habe es ihn bis über die Alpen hinaus nach Genua verschlagen. Auch in Rom und Neapel sei er gewesen. Auf diesen Reisen habe er so manches Wunderliche kennengelernt. Ob sie schon einmal etwas von einem Erdspiegel gehört habe?

Aloisia verneinte.

Der Fremde meinte, der Spiegel sei ein gar interessantes Ding. Darin könne man allerhand sehen, die Zukunft zum Beispiel oder was ein geliebter Mensch, den man lange nicht getroffen hat, gerade mache. Besonders das Letztere ließ Aloisia aufhorchen. Zu lange hatte sie nichts mehr von ihrem Geliebten gehört. Er war nach Ingolstadt gegangen. Anfangs schrieb er ihr in regelmäßigen Abständen Briefe. Darin berichtete er ihr in aller Ausführlichkeit, wie es ihm erging. In letzter Zeit waren diese Nachrichten seltener geworden, und nun war sie seit geraumer Zeit ohne ein Wort von ihm.

Der Fremde musste ihre Gedanken gelesen haben, denn er fragte sie geradeheraus, wie lange sie keinen Brief von ihrem Schatz erhalten habe.

Aloisia blickte den Mann verwundert an. Sie hatte ihn gerade erst getroffen. Sie hatte ihm nichts über ihre Liebschaft erzählt. Sie fragte ihn, woher er denn wissen will, dass sie einen Geliebten habe?

Der Fremde lächelte sie an. Zum einen haben so hübsche Mädchen, wie sie eines sei, immer einen Verehrer, und zum anderen habe es ihm der Spiegel am Morgen verraten. Dank des Erdspiegels habe er auch gewusst, dass er sie heute treffen würde.

Der Mann kam ganz nah an Aloisia heran: »Nun, wenn du niemandem etwas sagst, so komm zu mir. Ich will dich sodann in den Erdspiegel blicken lassen, und darin wirst du sehen, wie es deinem Liebhaber ergeht. Ob er dir auch treu ist in der Ferne oder ob er längst eine andere hat. Du willst bestimmt sehen, ob er es ist, der mit dir vor dem Altar steht. Und wenn du zu mir kommst, vergiss nicht, deine schönsten Kleider mitzubringen.«

Der Fremde war Aloisia mit einem Mal unheimlich. Sein Lächeln war zwar freundlich, doch die Art und Weise, wie er zu ihr sprach, wie er die Zähne bleckte und beim Reden mit der Zunge über seine Lippen fuhr, ängstigte sie. Sie fühlte sich bedrängt. Er war so nah an sie herangekommen, dass sie seinen Atem spüren konnte. Und die Augen. Sein Blick hatte etwas Kaltes, Hartes. Aloisia fragte sich, warum ihr das erst jetzt auffiel. Es hätte sie nicht gewundert, wenn er einen Bockfuß gehabt oder die Luft in seiner Gegenwart nach Schwefel gerochen hätte. Sie spürte ein durch Mark und Bein gehendes Unbehagen. Sie wollte den Fremden so schnell es ging loswerden. Darum versprach sie, recht bald zu ihm zu kommen. Sie hatte kein Interesse, dieses Versprechen zu halten, und sie hörte ihm auch nicht zu, als er ihr erklärte, wo sie ihn finden könnte. Sie wollte nur weg. Erst als sich bei der nächsten Weggabelung weitere Leute zu ihnen gesellten, die ebenfalls nach Regensburg unterwegs waren, fühlte Aloisia sich wieder ein wenig sicherer.

Johann Ziegler saß in seiner Kammer am Landgericht in Burglengenfeld, als Alois Schlupp bei ihm vorstellig wurde. Schlupp wirkte unsicher, als er zu Ziegler ins Zimmer trat. Er wollte wissen, ob er der Beamte sei, unter dessen Leitung vor wenigen Tagen das Haus seines Nachbarn Bichel in Regendorf durchsucht worden war. Als Ziegler dies bejahte, meinte Schlupp, er müsse etwas besprechen. Die Angelegenheit sei ihm sehr unangenehm. Der Bichel sei schließlich immer ein guter Nachbar gewesen, und Schlupp wolle es sich mit ihm nicht verderben. Natürlich habe auch er das Gerede um die verschwundenen Mädchen gehört. In Regendorf gebe es kein anderes Gesprächsthema mehr. Seine Frau habe ihn gedrängt, etwas zur Anzeige zu bringen. Seit Tagen liege sie ihm schon in den Ohren. Aber er wolle sich eigentlich nicht in etwas hineinziehen lassen, schließlich ginge ihn die ganze Angelegenheit nichts an. Erst gestern Abend hätten sie wieder darüber gestritten. Wie es der Zufall wolle, habe er heute in Burglengenfeld etwas zu erledigen. Um des lieben Friedens willen, und damit seine Frau endlich damit aufhöre und Ruhe gebe, sei er nun hier. Ziegler müsse verstehen, Regendorf ist ein kleiner Ort, und gute Nachbarschaft ist alles. Darum wolle Schlupp auch nicht gleich beim Richter vorstellig werden und es offiziell machen. Er habe sich gedacht, es ergebe mehr Sinn, zuerst mit dem Ziegler zu sprechen, und wenn der meine, Schlupp solle die Angelegenheit vor den Richter bringen, würde er das auch tun.

Ziegler bot seinem Besucher an, Platz zu nehmen. Dieser setzte sich auf den Stuhl und begann, von seinem Hund zu erzählen. Der habe sich nun zum wiederholten Mal losgerissen. Er sei immer zum Bichel gelaufen. Die ersten Male habe er sich dort nur vor den Schuppen gelegt und gebellt. Mit dem Hund und dem Davonlaufen desselbigen begann auch die Unstimmigkeit mit seiner Frau. Sie wollte, dass Schlupp das Tier an eine Kette legte. Aber der Ziegler müsse verstehen, Schlupp liebe seinen Hund und bringe es nicht übers Herz. Beim letzten Mal habe der Hund es nicht mehr beim Bellen belassen. Das Tier habe wie wild an der Tür zum Schupfen des Bichel gekratzt und versucht, sich unter der Tür hindurchzugraben. Zum Glück sei der Bichel nicht zu Hause gewesen. Der Schlupp habe dem Hund einen Kälberstrick umgebunden und ihn fortgezogen. Doch er sei nicht weit gekommen, denn irgendwie sei es dem Tier gelungen, sich erneut loszureißen. Wie der Wind sei der Hund wieder zurück zum Schupfen gelaufen. Der Schlupp sei ihm nach und habe ihn vor der Tür gestellt. Dabei habe er vor dem Schupfen etwas gefunden.

Schlupp holte aus seiner Rocktasche ein zusammengefaltetes Taschentuch. Er hielt es in seiner flachen Hand. Dann breitete er es vorsichtig auseinander und streckte die Hand dem Ziegler über den Tisch entgegen. »Ich hätte es beinahe nicht gesehen. Es lag in der Erde.«

Ziegler konnte seinen Augen kaum glauben. Im Tuch lag, mit Erdreich verbacken, ein kleiner goldfarbener Ohrring. Ganz so, wie ihn die Schwestern der Katharina beschrieben hatten.

Keine halbe Stunde später war Ziegler mit dem Schlupp und acht Stadtknechten bereits auf dem Weg nach Regendorf. Der ganze Ort lief zusammen, als die Abordnung des Landgerichts erneut am Bichelhof eintraf. Wie bei der ersten Durchsuchung wurde auch diesmal die Bichlerin in der Stube unter Bewachung festgesetzt. Sie sagte aus, ihr Mann sei in Geschäften unterwegs. Er sei gestern nach Regensburg aufgebrochen, und von da wolle er heute auf dem Rückweg hinüber nach Zeitlarn. Dort wolle er mit dem Sterzer über einen Jungbullen verhandeln.

Ziegler ging mit Schlupp und dem Rest seiner Männer zum Schuppen. Dort ließ er sich vom Schlupp zeigen, wo genau der den Ohrring gefunden hatte. Erst danach nahm er das Innere in Augenschein. Auf den ersten Blick sah es darin aus wie in einem jeden Schupfen. Überall standen und lagen allerhand Werkzeuge und Gerätschaften. Auf einem Podest lagen Säcke mit Saatgut, daneben lagerten Ballen mit Stroh. Ziegler blickte sich in aller

Ruhe um. Ihm fiel auf, dass hinten, am weitesten von der Tür entfernt, eine Menge Streu am Boden lag. Das Saatgut und die übrige Streu fanden sich jedoch in der Nähe des Eingangs.

Er verlangte nach einer Lampe. Als er die Stelle in Augenschein nahm, erkannte er, dass die Streu nicht zufällig dort lag. Der Boden war vielmehr fein säuberlich und gleichmäßig mit einer dicken Schicht bedeckt worden. Hier hatte einer nicht aus Unachtsamkeit etwas verschüttet und es im Anschluss nur oberflächlich beiseitegeräumt. Der, der es verstreut hatte, hatte es mit Bedacht und Akribie getan. Ziegler bückte sich und schob das Stroh beiseite. Die Erde darunter war aufgegraben worden, der Boden war nicht festgestampft, wie es sonst in einem Schupfen der Fall war. Sogleich wies er die Knechte an, noch mehr Licht herbeizuschaffen. Zudem bräuchten sie Spaten und Schaufeln.

Die Männer hatten die Erde keinen Zoll tief abgetragen, da stießen sie auf verschiedene kleine Knöchelchen. Sie sahen aus, als gehörten sie zu einem Tier, einem Hasen oder einem Wiesel vielleicht. Ziegler ließ jedoch weiter graben. In anderthalb Schuh Tiefe fanden sie einen fauligen Fetzen braunen Kattuns. Als sie ihn herausziehen wollten, stellten sie fest, dass er sich nicht einfach hochheben ließ. Darin musste etwas eingewickelt sein. Und was es auch war, es war schwer, und nur ein

Teil davon war vom Erdreich befreit. Ziegler wies die Stadtknechte an, vorsichtiger zu graben. Und kurze Zeit später hatten sie den Kattun völlig freigelegt. Als sie ihn auseinanderbreiteten, fanden sie den Torso eines menschlichen Körpers. Kopf und Unterleib fehlten. Und sie entdeckten Fetzen eines wollenen Tuches mit roten und grünen Fransen.

Ziegler, der von dem Fund nicht überrascht schien, zögerte nicht lange. Er schickte seine zwei kräftigsten Männer hinüber zum Sterzer nach Zeitlarn. Sie sollten den Bichel so schnell wie möglich erneut in Gewahrsam nehmen. Eile war geboten. Der Bichel sollte ihnen nicht ein weiteres Mal durch die Lappen gehen. Sobald sie seiner habhaft waren, sollten sie ihn auf dem schnellsten Weg zum Landgericht schaffen. Zeitgleich entsandte er einen weiteren Boten zum Gerichtsarzt Doktor Pfeiffer nach Burglengenfeld. Dieser solle so schnell es ging nach Regendorf aufbrechen.

Die übrigen Männer sollten das ganze Grundstück absuchen und an jeder Stelle, die verdächtig erschien, mit dem Graben beginnen. Wenn es sein musste, sollte das Unterste zuoberst gekehrt werden. Da die Aufgabe mit den Stadtknechten, mit denen er gekommen war, nicht zu bewältigen war, war ein jeder Mann im Ort, der kräftig genug war, dazu aufgerufen zu helfen. Auch nach dem Totengräber, dem Gangerl, ließ er rufen.

Gesagt, getan. Überall auf dem Hof wurde die Erde umgegraben. Bald wurden sie auch außerhalb des Schuppens fündig. Unter einem Haufen Holzscheiter an der nördlichen Stirnseite des Schupfens stießen sie in geringer Tiefe auf menschliche Überreste. Sie fanden einen halbverfaulten Kopf und wenige Schritte daneben einen weiteren menschlichen Torso. Auch hinter dem Hühnerhaus wurden Knochen gefunden. Wo immer sie auch gruben, stießen sie auf Überreste. An einer Stelle fanden sie einen Unterleib, an einer anderen die dazugehörigen Beine. Alle Fundstücke wiesen Verletzungen und Verstümmelungen auf. Je nachdem, wo sie vergraben worden waren, ob sie von der Witterung geschützt oder dem Wetter ausgesetzt gewesen waren, war ihr Zustand einmal schlechter und ein anderes Mal besser.

Der Gangerl war es, der einen weiteren Kopf fand. Dieser war in einem besseren Zustand als der erste. Er war eingehüllt in ein Tuch und somit vor dem Verfall geschützt gewesen. Der Totengräber glaubte, darin die Gesichtszüge der Katharina Seidel zu erkennen. Auch der goldfarbene Ohrring sah aus wie jener, den Schlupp am Morgen nach Burglengenfeld gebracht hatte.

Der Ziegler ordnete an, dass alle geborgenen Überreste in die Stube gebracht werden sollen. Nur der Torso in Kattun, der in dem Schupfen entdeckt worden war und von dem man annahm, dass es sich dabei um den der verschwundenen Barbara Reisinger handeln musste, verblieb vorerst an der Fundstelle.

Es muss um diese Zeit gewesen sein, dass der Bichel in Zeitlarn erneut in Gewahrsam genommen wurde. Als ihn die Stadtknechte festnahmen, war er gerade dabei, mit dem Sterzer handelseinig zu werden. Noch ehe er wusste, wie ihm geschah, hatten sie ihm die Fesseln angelegt.

Während der Karren mit dem Bichel Richtung Burglengenfeld fuhr, machte sich der Gerichtsarzt in Begleitung zweier Wundärzte von eben dort auf.

Später war in dem von Doktor Pfeiffer und den beiden Wundärzten verfassten Gutachten zu lesen, dass bei ihrer Ankunft in Regendorf die Grabungen in vollem Gange waren. Die Frau des Bichel war in eine Kammer verbracht worden, da die Stube als der größte Raum des Hauses zum Aufbahren der Leichenteile gebraucht wurde.

Die Ärzte beschlossen, zuerst die Grube im Schupfen in Augenschein zu nehmen, da dort die Ausgrabungen am weitesten fortgeschritten waren. Pfeiffer veranlasste, dass die Überreste aus der Grube gehoben und am Rande derselbigen abgelegt wurden. Danach stieg er selbst hinab, um auszuschließen, dass auch nur das Geringste übersehen worden war.

Der Geruch, der von den Leichenteilen ausging, war so unerträglich, dass selbst die mit Lavendel und Ammoniak getränkten Tücher der Ärzte den Gestank nicht unterdrücken konnten. Sie beugten sich dennoch tief über den Kadaver. Auch wenn die Fäulnis längst vorangeschritten war, so konnten sie unschwer erkennen, dass es sich um einen Teil eines weiblichen Oberkörpers handelte. In der offenen Brust war ein schwarzbrauner Klumpen zu sehen, mehr einem faulenden Apfel gleich denn einem Herzen.

Die Ärzte wiesen die Männer an, den Körper zu den anderen bereits geborgenen Teilen in die Stube zu bringen. Erst danach inspizierte die Kommission eine Fundstelle nach der anderen. Und als sie alle Grabungen in Augenschein genommen hatten, begaben sie sich selbst in die Stube.

Dort lagen mittlerweile überall auf dem Tisch und dem Boden verteilt die Leichenteile. Pfeiffer wies an, die einzelnen Fundstücke jeweils einem Körper zuzuordnen, um so die Identifizierung zu erleichtern. Ein Unterfangen, das sich als schwierig erwies, da nicht bei allen Teilen ersichtlich war, ob sie einem der beiden Opfer oder womöglich zu einem nicht entdeckten dritten gehörten.

Die Gesichtszüge des Kopfes, der nahe dem Torso außerhalb des Schuppens gefunden worden war, waren durch Fäulnis entstellt und nicht mehr als solche zu erkennen. Alle Zähne waren vorhanden und auch das lange schwarzbraune Haar. Alles deutete darauf hin, dass es sich hier um den Kopf der Reisinger handeln musste.

Der zweite Kopf, den der Totengräber Gangerl gefunden hatte und in dem dieser die Katharina

Seidel zu erkennen glaubte, war in einem weitaus besseren Zustand. Auch diesen bedeckten schöne kastanienbraune Haare, die der Trägerin einst bis zu den Hüften hinab gereicht haben mussten. Sie waren noch immer zu Zöpfen geflochten.

Beide gefundenen Oberkörper waren der ganzen Länge nach geöffnet. Selbst die Brustbeine waren in der Mitte gespalten. Die Vermutung lag nahe, dass dies mit einem Messer oder einem Meisel und durch gezieltes Aufschlagen mit einem Hammer erfolgt sein musste. In jener Art, in der auch ein Steinmetz sein Material bearbeitet. Die Lungen lagen unverletzt darunter. Von den Herzen konnte nur eines in einem Oberkörper gefunden werden, von dem anderen fehlte jede Spur.

Bei beiden Körpern waren gleich unter den Rippen die Rückenwirbel mit einem Beil durchgehauen und so der untere Leib von dem oberen getrennt worden. Einer der Unterkörper war in einen rotbraunen Rock gewickelt. Als dieser hinweggezogen worden war, fand man beide Beine über den Kniegelenken abgehauen. Füße und Unterschenkel wurden an einer anderen Stelle gefunden.

Im Unterleib waren alle Bauchmuskeln, die Geburtsteile sowie die Schambeine durchschnitten. Auch war die Bauchhöhle leer und von den Eingeweiden nichts zu finden. Erst später, bei einer erneuten Durchsuchung des ganzen Hofes, wurden diese – oder besser das, was von ihnen übrig war – in ein Tuch gewickelt nahe der Odelgrube entdeckt. Keiner der Männer sprach auch nur ein Wort. Schweigend hatten sie die Überreste der Toten ins Haus gebracht. Über dem ganzen Hof lag bedrückende Stille.

In seinem Gutachten schrieb der Landgerichtsarzt Pfeiffer später: »Weder ich noch meine hinzugezogenen Kollegen fanden ob der fortgeschrittenen Fäulnis einen Hinweis darauf, ob die Opfer vor ihrer Zerstückelung auf irgendeine Art betäubt worden waren oder nicht. Wir nehmen an, dass sie durch einen Schlag auf den Kopf oder einen Stich in den Hals das Bewusstsein verloren haben, dadurch vielleicht sogar zu Tode kamen, indes konnten wir für diese Hypothese trotz intensiver Suche keine Hinweise finden. Als eigentliche Todesursache bleibt uns daher nur die gewaltsame Öffnung und Zerstückelung der Körper.«

Dem Gangerl war es zu verdanken, dass den Schwestern der Katharina der Anblick der Toten erspart blieb. Er berichtete dem Gericht später, dass er die Seidel-Schwestern von Kindesbeinen an kannte. Er sei absolut sicher, dass es sich bei der Toten um Katharina handelte. Später lobte der Richter Gangerls Courage, diese Aufgabe auf sich genommen zu haben. »Es ist ein Gebot der Menschlichkeit, die Angehörigen vor dem Anblick der zerstückelten Leichen zu schützen«, sagte er. »Es hätte die Schwestern nur verstört und wäre unnötig grausam, zumal die vorhandenen Beweise völlig ausreichend zur Identifizierung sind.« Das Gericht begnügte sich damit, den Schwestern die Ohrringe der Toten zu zeigen.

Die Nachricht, dass ein jeder, der kräftig genug zum Graben war und dem es nicht vor dem Anblick einer Leiche graute, sich oben beim Bichel einfinden sollte, verbreitete sich in Windeseile. Jung und Alt ließen ihre Arbeit stehen und liegen und versammelten sich um den Bichelhof. Vor dem Haus hatte sich eine Wache aufgebaut und verwehrte einem jeden, der nicht an den Grabungen beteiligt war, den Zutritt. Auch versuchte sie, so gut es ging die Menschen zurückzudrängen. Sie rief ihnen zu, es gebe nichts zu sehen, sie sollten nach Hause gehen. Aber keiner rührte sich von der Stelle. Im Gegenteil. Im Laufe des Tages eilten immer mehr Neugierige herbei. Dicht gedrängt standen die Menschen am Zaun. Ein paar ganz Mutige hatten sich bis ans Haus vorgewagt und drückten sich die Nasen an den Scheiben platt.

Auch Charlotte Urlinger war zum Bichelhof gelaufen. Zunächst hatte sie am Zaun gestanden. Von dort konnte sie sehen, wie Körbe ins Haus getragen wurden. Einmal wurde auf einem großen Brett, vor den Augen der Schaulustigen kaum verhüllt, ein halber Körper ins Haus geschafft. Irgendwann im Laufe des Tages erschien ein Wagen mit Ärzten im Auftrag des Landgerichts. Zuerst verschwanden sie im Schupfen und wenig später gingen sie hinüber zum Haus. Alma, die neben Charlotte stand, wollte wissen, was in der Stube vor sich ging. Sie drängte Charlotte, mit ihr zum Fenster zu gehen. Diese willigte schließlich ein. Dort angelangt, erhaschte Charlotte schließlich einen Blick in die Stube. Sie konnte nicht glauben, was sie dort sah. Überall lagen Teile menschlicher Körper. Sie waren auf dem Tisch und auf dem Boden verteilt. Es sah so aus, als wiesen die Ärzte die Helfer an, die Körper zusammenzustellen. Ganz so, als würde man versuchen, die Scherben eines zerbrochenen Kruges zusammenzutragen, um ihn zu kitten. Auf dem Tisch, ganz nah am Fenster, lag ein großer Klumpen aus Erde. Als Charlotte genauer hinsah, erkannte sie, dass es ein Kopf war. Ihr wurde schwarz vor Augen. Hätte Alma sie nicht gehalten, sie wäre wohl ohnmächtig zu Boden gefallen. Charlotte hatte genug gesehen, sie wollte nur fort.

Zu Hause erzählte sie der Mutter unter Tränen, dass der Bichel sie genötigt habe, zu ihm zu kommen. Er wollte sie in einen Erdspiegel blicken lassen. Aber sie habe es zum Glück nicht getan, sonst läge sie heut womöglich auch in der Stube. Die

Mutter hielt ihr weinendes Kind in den Armen, hin und hergerissen zwischen der Angst, Charlotte hätte eines der Opfer sein können, und der Erleichterung, die Tochter gesund und sicher zu wissen. Nachdem sie wieder etwas klarer denken konnte, bestand sie darauf, Charlotte müsse sofort dem Vater Bescheid geben und noch heute mit ihm zum Landgericht fahren, um vor dem Richter eine Aussage zu machen.

Der Bichel tat ganz überrascht, als er ein zweites Mal vor dem Richter stand. Er wisse nicht, was man von ihm wolle. Er habe schon zuvor nichts über den Verbleib der Frauen sagen können, und daran habe sich nicht das Geringste geändert. Als er von den Funden auf seinem Grundstück unterrichtet wurde, schien es, als würde er für einen kurzen Moment das Gleichgewicht verlieren. Er bat den Richter, sich setzen zu dürfen. Der ließ ihm einen Schemel bringen.

Nach kurzer Zeit hatte der Bichel sich ein wenig erholt. Er war zwar immer noch weiß wie die Wand, und auch seine Stimme zitterte ein wenig, doch erklärte er, er wolle nun die Wahrheit sagen und nichts anderes als die Wahrheit. Er schwöre bei allem, was ihm heilig sei, bei der Mutter Gottes und auch bei dem Leben seiner Frau, er habe nichts damit zu tun.

»Die Geschichte«, sagte er, »ist eine völlig andere, als es hier den Anschein hat. Ich gebe zu, ich habe nach der Katharina Seidel schicken lassen. Allerdings habe ich dies nicht aus freien Stücken getan. Ich bin gezwungen worden. Beim Leben meiner Frau und meinem eigenen hat man mich gezwungen. Was hätte ich anderes tun sollen? Mir blieb nichts übrig, als mich zu fügen.« Und dann erzählte er, der, der ihn so unter Druck gesetzt habe, sei der fremde Herr gewesen. Allerdings kenne der Bichel weder seinen Stand noch seinen Namen. Auch bezweifele er mittlerweile selbst, ob der Fremde wirklich, wie er es dem Bichel gesagt hatte, aus Stadtamhof war.

Der Mann sei nicht allein gewesen. Mit zwei weiteren Spießgesellen habe er dem Bichel aufgelauert. Droben im Holz, auf dem Weg nach Faulwies, hätten sie sich ihm in den Weg gestellt. Der Bichel habe gleich gesehen, dass mit den dreien nicht zu spaßen war. Der junge Herr habe ihn gefragt, ob er ihm einen Gefallen tun könne, es sollte sein Schaden nicht sein. Er würde ihn mit ein paar Gulden für seine Dienste entlohnen. Einem so fein gekleideten Herrn könne einer wie er keinen Gefallen abschlagen. Das müsse der Richter verstehen. Und wie jeder andere auch, könne er das Geld gut gebrauchen. Auch habe er Angst gehabt, von den Unbekannten in die Mangel genommen zu werden, wenn er den Gefallen abschlagen würde. Als der Bichel sich erkundigt habe, um welchen Dienst es sich handeln würde, habe der Herr gefragt, ob ihm die Katharina Seidel bekannt sei? Als der Bichel dies bejaht habe, habe ihm der Fremde erklärt, was er zu tun habe: Er sollte das Mädchen unter einem Vorwand zu sich ins Haus locken. Freilich war es dem Bichel seltsam vorgekommen, besonders, da der Fremde wollte, dass keiner außer ihm im Haus anwesend wäre, wenn Katharina zu ihm käme.

Der Bichel gab an, er habe zu diesem Zeitpunkt vermutet, dass es sich um eine heimliche Liebschaft handele. Der Unbekannte habe eine solche Andeutung gemacht. Aus diesem Grund habe er seine Bedenken schließlich beiseitegeschoben. Dies sei die Schuld, die er auf sich geladen habe.

Auch stimmte, was die Walburga ausgesagt habe: Der Bichel habe die alte Mare hinüber zum Haus der Seidel-Schwestern geschickt. Zu schade, dass sie nicht mehr am Leben sei, sie hätte seine Aussage bestätigen und gegebenenfalls beeiden können.

Als der Bichel später im Haus erkannt habe, dass die Männer gekommen seien, um die Katharina zu ermorden, da wollte er davonlaufen. »Aber sie haben mich festgehalten, geschlagen und getreten. Ich habe um mein Leben gefürchtet«, sagte er stockend und mit zitternder Stimme. »Ich bin ein Opfer. Genau wie Katharina eines war.«

Der Richter hatte dem Bichel die ganze Zeit zugehört. Er hatte ihn nicht einmal unterbrochen. Nun wollte er von ihm wissen, ob er sich erinnern könne, wie genau die Katharina ums Leben gekommen sei.

Sie sei zunächst gewürgt und später mit einer Hacke erschlagen worden. Der junge Herr sei dabeigestanden und habe zugesehen. Keinen Finger habe der gerührt. Der Bichel selbst wollte der jungen Frau helfen, aber bei Gott, gegen diese Übermacht habe er nichts ausrichten können. Einer der Spitzbuben habe ihn zu Boden gerungen. Dort liegend, habe er geglaubt, sein letztes Stündlein sei gekommen. Auch sei es ein Fehler gewesen, dem Richter nicht gleich reinen Wein eingeschenkt zu haben, das sehe er jetzt ein. Das Gericht müsse verstehen: Er habe Angst um sein Leben gehabt. Nun könne der Richter bestimmt auch verstehen, warum er vor ein paar Tagen so erschrocken sei, als unweit der Stelle die Stadtknechte auf ihn zugesprungen seien. Im ersten Moment habe er geglaubt, die Spießgesellen seien zurückgekehrt und wollten nun auch ihn und seine Frau ermorden.

Auf die Frage des Richters, was weiter geschehen sei, wurde der Bichel ein wenig wortkarg. Er sagte, er könne sich nicht mehr erinnern. Der Bichel saß auf seinem Schemel, den Blick zu Boden gerichtet.

Der Richter blieb einen Moment still.

Schließlich sagte er dem Bichel auf den Kopf zu, dass er dessen Aussagen nicht im Geringsten glaube. Sie würden nicht mit den Erkenntnissen des

Landgerichtsarztes übereinstimmen. Auch würde sich damit nicht die zweite, ebenfalls auf seinem Grundstück gefundene Leiche erklären. Er wollte dem Bichel einen kurzen Augenblick des Nachdenkens einräumen und ihm so die Gelegenheit geben, mit der Wahrheit herauszurücken.

Im Bichel ging kaum sichtbar eine Veränderung vor. Er richtete sich ein wenig auf. Sein Blick war auf den Richter gerichtet, und seine Gesichtszüge verhärteten sich. »Ich weiß nichts von einer zweiten Leiche.«

»Willst du leugnen, die Barbara Reisinger gekannt zu haben?«, wollte der Richter wissen. »Ihr besorgter Vater ist sogar zu dir auf den Hof gekommen, um sich nach seiner verschwundenen Tochter zu erkundigen.« Auch hätten die Eltern Reisinger hier vor Gericht ausgesagt, dass der Bichel bei ihnen erschienen war und die Herausgabe der Kleider ihrer Tochter eingefordert habe.

Der Bichel tat, als würde er nicht verstehen. Als der Richter nicht lockerließ und ihn aufforderte, sich zu erklären, stotterte er zunächst herum und wand sich wie ein Wurm. Schließlich sagte er in trotzigem Ton, er könne sich nur an eine weitläufige Base seiner Frau erinnern. Diese sei mit einem Tagelöhner aus Loisenried verheiratet. Der Name sei ihm entfallen. Die Familie lebe, soweit er sich entsinnen könne, in größter Armut, weil der Vater ein Trunkenbold sei und es nicht so mit dem Arbeiten habe. Von so einer Bagage sei zu erwarten, dass sie logen, wenn sie nur den Mund aufmachten. Er als angesehener Bürger der Gemeinde wolle mit so einem Gesindel nichts zu tun haben. Er könne sich entsinnen, dass es da eine Tochter gegeben habe, welche beim Schwarzfischer zu Nittenau als Schankdirne gearbeitet habe. Und wenn ihn sein Gedächtnis nicht täusche, hieß diese Barbara. Er habe sie nur wenige Male zu Gesicht bekommen.

Wie er sich erklärte, dass Kleidungsstücke aus dem Besitz eben dieser Barbara in einer Truhe in seinem Haus gefunden wurden, wollte der Richter wissen.

Das sei einfach zu erklären, er sei von der betreffenden Person in Regensburg angesprochen worden. Sie habe ihm die Sachen zum Kauf angeboten. Ein paar habe er auch als Geschenk erhalten. Mehr aus Freundlichkeit habe er sich darauf eingelassen.

Ob er nicht genauer angeben könnte, wann das gewesen war. »Es muss im Spätsommer des letzten Jahres gewesen sein.«

Die Inquisition zog sich über Stunden hin. Mehr als neunzig Fragen zum Sachverhalt wurden dem Bichel gestellt. Der Bichel war die meiste Zeit aalglatt und verstockt. Fast immer hielt er seinen Blick auf den Boden geheftet. Selbst wenn er auf Widersprüche in seinen Aussagen hingewiesen wurde, räumte er nur ein, was ihm zweifelsfrei und durch mehrere

Zeugen nachgewiesen werden konnte. So änderte er die Geschichte mit dem Mann aus Stadtamhof, der es auf die Katharina abgesehen hatte, immer wieder ab. Mal hätte ihm dieser im Wald aufgelauert und ihn gezwungen, die junge Frau auf den Hof zu locken, dann wieder hätte der sich auf seinem Hof mit der Katharina verabredet, wo es zum Streit gekommen sein soll. Auch wie der gelbe Spenzer in seinen Besitz gekommen war, konnte der Bichel nicht erklären.

Wer den Bichel genau beobachtete, konnte den inneren Kampf zwischen Bosheit und Verlegenheit erkennen sowie den Grimm und die Wut, die ihn übermannten, wenn ihm nichts anderes übrig blieb, als die Wahrheit zugeben zu müssen, wenn die Fakten zu eindeutig waren. Während der ganzen Befragung kam keine Träne aus seinem Auge und nicht die mindeste Reue aus seinem Herzen. Ein paar Mal glaubte das Gericht, der Bichel wäre nun so weit und könnte sich nicht mehr herausreden, doch dann tischte er erneut eine Lüge auf. Immer wieder betonte er, er habe weder mit dem Tod noch mit dem Verschwinden der beiden jungen Frauen etwas zu schaffen. Er könne sich nicht erklären, wer die Körper auf seinem Grundstück verscharrt hatte. Er sei es nicht gewesen.

Irgendwann im Laufe der Vernehmung sprach ihn der Richter auch auf den Erdspiegel an und darauf, dass das Gerücht umginge, dass der Bichel jungen Mädchen versprechen würde, ihnen im magischen Spiegel die Zukunft zu zeigen. Auch hier stritt er alles ab. Selbst als der Richter ihm sagte, dass sich eine Zeugin eingefunden habe, die bestätigen konnte, dass er sie mehrmals wegen des Spiegels bedrängt habe, blieb der Bichel davon unbeeindruckt.

Die Sache war verfahren. Um den Bichel seiner gerechten Strafe zuzuführen, brauchte das Gericht ein Geständnis. Solange er sich weigerte, waren alle von ihm vorgetragenen Lügen möglich, wenn auch nicht wahrscheinlich. Die Vernehmung befand sich in einer Sackgasse.

Der Richter sagte, ihm bliebe nur, sich auf die Königliche Verordnung vom 7. Juli 1806 zu berufen. In § 21 war zwar die Abschaffung der Tortur festgelegt worden, doch an ihre Stelle trat die Möglichkeit, den eine Tat leugnenden Verdächtigen an den Ort seines Vergehens zu führen und ihn dort in Gegenwart seiner Opfer einem neuen Verhör zu unterziehen. Erst wenige Monate zuvor war dadurch eine Kindsmörderin beim Anblick des getöteten Säuglings dazu gebracht worden, die Tat einzugestehen. Die Frau war kurz darauf hingerichtet worden. Der Richter ordnete darum an, dass sich das Gericht mitsamt dem Beschuldigten an den Ort des Verbrechens zu begeben habe.

Es war ein heller, freundlicher Morgen, als sie den Bichel auf seinen Hof brachten. Die Tauben balzten in der Sonne, und die Luft war erfüllt von ihrem Gegirre. Dem Bichel erschien alles vertraut und fremd zugleich. Keine drei Tage waren vergangen, und dennoch war ihm, als wäre er Monate fort gewesen. Die Gerichtsdiener zerrten ihn vom Wagen herunter, und als er so vor seinem Haus stand, wurde ihm mit einem Mal ganz eng ums Herz. All die Erinnerungen, die er mit diesem Ort verband, drangen auf ihn ein, wie eine Flut, die ihn fortreißen wollte. Er schwankte ein wenig, fühlte sich gar einer Ohnmacht nahe. Der Richter, der es bemerkte, ließ ihm sogleich einen Becher mit Wasser reichen. Das Wasser war kühl und der Geschmack vertraut. Am liebsten wäre er selbst zum Grand hinübergelaufen, hätte seinen Kopf unter die Wasserpumpe gehalten, wie er es unzählige Male zuvor in seinem Leben getan hatte.

Für die Umstehenden musste es aussehen, als würde ihn die Schuld quälen, aber das war es nicht.

Er fühlte keine Schuld, er kannte kein schlechtes Gewissen. Die Bilder, die ihm zu schaffen machten, waren die Erinnerungen an schöne Tage und die Angst, womöglich zum letzten Mal hier zu stehen, an jenem Ort, den er von allen am meisten liebte.

Nachdem der Bichel getrunken und sich ein wenig gefasst hatte, trat der Richter auf ihn zu. Ob er bereit sei, wollte er vom Bichel wissen, denn es sei nun an der Zeit, dass er an den Ort seiner Verbrechen geführt werde. Gleichwohl: Wenn er die reine Wahrheit hier und jetzt gestehe, würden sie Gnade walten lassen und ihn nicht ins Haus führen.

Der Bichel stand fest zu seiner Behauptung, nichts zu wissen. Als er die Stube betrat, sah er dort die Körper der beiden Frauen liegen.

Sie hatten versucht, sie so gut es ging wieder zusammenzufügen. Einer der Stadtknechte, es war jener, der den Bichel vor wenigen Tagen beim Sterzer festgenommen hatte, führte ihn zum Leichnam der Barbara Reisinger. Bei ihrem Anblick ging ein Zittern durch den Körper des Bichel. Sein Gesicht verzog sich zu einer Grimasse. Er wandte sich ab und verlangte nach einem weiteren Schluck Wasser. Auf die Frage des Richters, ob er die Frau kenne, antwortete der Bichel mit hohler Stimme: »Nein! Ich habe nur noch nie eine Tote gesehen, die bereits im Grab lag.«

Sie führten ihn weiter zum zweiten Körper. Als der Bichel vor Katharina Seidel stand, versagten seine Beine ihren Dienst. Die Stadtknechte packten ihn links und rechts und zogen ihn auf einen Schemel. Seinetwegen hätten sie ihn auch auf den Boden fallen lassen können. Es war ihm einerlei.

Er hörte die Stimme des Richters, die sagte, er solle sich nun endlich zu seinen Taten bekennen. Alles Leugnen sei sinnlos, denn ein jeder könne ihm die Bestürzung ansehen.

Der Bichel wollte nichts gestehen. Stattdessen sagte er: »Ich habe ein reines Gewissen und nichts damit zu tun. Ich verlange, aus dem Raum geführt zu werden. Denn die Stube ist mit dem Gestank der Toten angefüllt, und das ist auch der Grund, warum ich mich so schlecht fühle.«

Dennoch bestand der Richter darauf, dass der Bichel hier im Angesicht der Leichname blieb, bis er die Wahrheit gestand. Er stellte ihm die gleichen Fragen, die er ihm schon bei Gericht in Burglengenfeld gestellt hatte. Er ließ ihm keine Ruhe, bedrängte ihn, zwang ihn, ganz nahe an die Körper heranzugehen, seinen Opfern in die Gesichter zu sehen.

Anfangs hatte der Bichel die Kraft zu widersprechen, schließlich, als ihm keine Ausrede mehr einfiel und er sich mehr und mehr in Widersprüche verstrickte, wurde er mürbe. Er sagte ihnen, er würde alles erzählen, unter der Bedingung, dass man ihn von hier fortführen würde.

Als der Richter ablehnte, wurde dem Bichel klar, dass er nur aus dem Raum fortkäme, wenn er etwas gestehen würde. Wenn er die Chance haben wollte, noch einmal in seinem Leben hierher zurückzukehren, musste er ihnen etwas geben. Nicht alles, aber zumindest etwas.

So fing er an zu reden.

Er habe die Geschichte mit dem Fremden aus Stadtamhof erfunden, weil er keinen anderen Ausweg gesehen habe. Er habe angenommen, die Wahrheit würde ihm keiner glauben. Auch gab er an, Katharina mit einem Holzscheit erschlagen zu haben. Doch sei dies nicht aus Ruch und Habgier geschehen, sondern aus einem Wortwechsel heraus, der in einem Kampf endete. Wenn man es genau nehme, sei er unschuldig.

Und dann erzählte er: »Hier, in dieser Stube, war es. Sie hat mir die Kleider zum Kauf angeboten. Als wir uns über den Preis nicht einig wurden, hat sie mich aus nichtigem Anlass beschimpft. Ich konnte nicht verstehen, was in sie gefahren war. Von einem Moment auf den anderen war sie wie ausgewechselt, als wäre der Teufel in sie gefahren. Sie war es, die mich angegriffen hat. Mit ihren Fäusten hat sie auf mich eingeschlagen. Zunächst habe ich versucht, sie zu beruhigen, doch sie hörte nicht auf. Und plötzlich, ich kann nicht sagen, woher, da hatte sie das Holzscheit in der Hand, und damit hat sie nach mir geschlagen. Ich habe mich zur Wehr gesetzt und ihr das Scheit entwunden. Sie hat mich gekratzt und gebissen – und da ist es passiert. Weil sie nicht aufhören wollte, habe ich zugeschlagen. Ein Vergehen, das ich bereue, aber an dem Katharina eine Mitschuld trägt. Mir ist klar, dass ich dafür ins Gefängnis muss, gleichwohl bin ich kein Mörder.«

Warum er den Leichnam zerteilt habe, wollte der Richter wissen.

Der Bichel zuckte mit den Schultern. Das wisse er nicht. Er könne sich nicht erinnern.

Was mit der Barbara Reisinger gewesen sei? Ob er sich nicht auch zu ihrem Tod bekenne?

Doch hier verweigerte der Bichel jede Auskunft. Er habe Katharina im Streit erschlagen, und es tue ihm leid, aber mit der zweiten Leiche habe er nichts zu schaffen. Er erkenne die Tote nicht, und man solle ihn endlich in Ruhe lassen. So sehr der Richter ihn auch bedrängte, reinen Tisch zu machen: Von nun an sagte der Bichel kein Wort.

Das Gericht hat ihn zum Tod durch das Rad verurteilt. Morgen würden sie kommen, um ihn im Schinderkarren hinaus auf die Richtstatt zu fahren. Sie würden ihm jeden Knochen im Leib brechen. Es würde ein langsamer, qualvoller Tod werden. Anders als bei jenen, die er getötet hatte. Ihr Tod war schnell und überraschend gekommen. Ehe sie gewusst hatten, was mit ihnen geschah, war es schon vorbei gewesen.

Er fürchtete sich vor den Schmerzen, aber nicht vor dem Sterben. Er wusste, der Tod würde ihm endlich Ruhe bringen. Er würde ihn erlösen von der Qual des Daseins.

Sie wollten ihm einen geistlichen Herrn schicken, damit ihm dieser die Beichte abnehme und ihn so auf den Augenblick vorbereite, wenn er Gott gegenüberstände. Er glaubte nicht an ein Leben nach dem Tod. Sollten sich die Pfaffen und all die anderen religiösen Heuchler zum Teufel scheren. Er glaubte daran, dass er zurückkehren würde in jene warme Dunkelheit, aus der er gekommen war. In ein allumfassendes perfektes Nichts. Der Gedanke daran tröstete ihn.

Aber noch war es nicht so weit. Noch war er hier in diesem kalten feuchten Loch, auf einer Pritsche, bedeckt nur mit Stroh.

Er dachte an Katharina und an Barbara. Er dachte an all die naiven Mädchen vor ihnen, die geglaubt hatten, der Blick in einen magischen Spiegel würde ihnen etwas anderes als den Teufel zeigen. Er dachte an seine Frau, und er dachte an sein Leben, das nun bald zu Ende ging.

Als Neugeborener, keinen Tag alt, war er eingehüllt in Tücher vor eine fremde Tür gelegt worden. Ein Findelkind, angewiesen auf die Gnade und Gutherzigkeit der Menschen, die ihn fanden und sich seiner annahmen. Von der Mutter verstoßen, ehe sein Leben richtig begonnen hatte.

Er konnte sich nicht beklagen. Die Menschen, vor deren Haustür er gelegt worden war, waren gute und gottesfürchtige Leute. Sie hatten sich seiner angenommen. Sie hatten eine Tochter im selben Alter. Die beiden wuchsen auf wie Geschwister, und später wurden sie Eheleute. Seine Frau war ihm immer eine gute Frau, aber wenn er sich nachts zu ihr legte, fühlte er keine Wärme. Es war nicht ihre Schuld, es lag an ihm.

Es begann mit dem Erdspiegel und dem Laudanum. Als junger Mann war er drei Jahre auf der

Walz gewesen. Bis nach Neapel war er auf seinen Reisen gekommen. Dort hatte er die Geschichte von dem Erdspiegel gehört. Das Laudanum war leicht zu beschaffen, war es doch in jeder Apotheke erhältlich. Wenn er den jungen Mädchen, die zu ihm kamen, um in den Erdspiegel zu blicken, Laudanum gab, so konnte er sich zu ihnen legen. Ihre Wärme spüren.

Das Geheimnis lag in der Dosierung. Es durfte nicht zu wenig und nicht zu viel sein. Er lebte in der ständigen Angst, dass ihn eine eines Tages verraten könnte, weil sie zu früh aus dem Schlaf erwachen würde. So versuchte er für ein paar Jahre, so gut es ging, seinen Dämon zu besiegen.

Da trat Katharina in sein Leben.

Er erinnerte sich, wie er mit ihr nach Regensburg gegangen war. Es muss vor gut einem Jahr um Ostern gewesen sein. Die Luft war mild und ließ einen die langen, kalten Wintermonate vergessen. Er erinnerte sich an den blauen Himmel und an Vogelgezwitscher. An das Geschäft, das er in der Stadt zu erledigen hatte, konnte er sich nicht mehr erinnern.

Die junge Frau war ihm sogleich aufgefallen. Sie war hübsch, mit kastanienbraunen glänzenden Haaren und einem ebenmäßigen Gesicht. Viele junge Mädchen waren hübsch, aber sie war besonders. Er konnte nicht sagen, was es war, das sie so anders machte. Vielleicht ihr Lachen oder die Art, wie sie sprach. Sie gefiel ihm vom ersten Augenblick an.

Katharina war die jüngste der drei Seidel-Schwestern. Ein jeder am Ort kannte die Schwestern. Sie hatten den größten und schönsten Hof. Alle Bauern der Umgebung waren begierig, einen ihrer Söhne mit einer der Schwestern zu verheiraten. Indes die beiden älteren dachten nicht daran. Therese und Walburga hatten sich in ihrem unabhängigen Leben zurechtgefunden. Therese verwaltete den Hof. Auch der Bichel hatte ihr einst eine Kuh verkauft. Walburga war für die Arbeit im Haus und auf dem Hof zuständig. Katharina war das Nesthäkchen, sie wurde umsorgt und verwöhnt. Sie war ein hübsches, ein fröhliches Kind. Der Bichel hatte sie damals, als er mit Therese handelseinig wurde, gesehen. Da war sie ein Kind gewesen, und er hatte sie kaum beachtet.

Als er sie an jenem Tag im Frühling auf dem Weg in die Stadt wiedersah, war sie zu einer jungen Frau herangewachsen. Er wusste sofort, dass sie ihm gehören musste. Nur ihm.

Ein Dreivierteljahr hatte er dann noch auf sie warten müssen. Er hatte sie umworben wie der Hochzeiter die Braut. Hatte sich auf den Tag gefreut, an dem sie zu ihm kommen würde.

Bei ihrer ersten Begegnung erzählte sie ihm, dass

sie sich aus einem Stück Stoff, den ihr die Schwester aus München mitgebracht hatte, einen Spenzer machen lassen wollte. Aber nicht bei der Schneiderin im Ort, sie wollte extra nach Regensburg gehen. Sie ließ ihn, als sie sich zu einer Rast ins Gras gesetzt hatten, den Stoff sogar sehen. Er glänzte wie Gold in der Sonne. Als sie so dasaßen, ritt ihn plötzlich der Teufel, und er erzählte ihr vom Erdspiegel und davon, dass man die Zukunft darin sehen könne. Wie schon bei anderen zuvor, konnte er sofort die Neugierde erkennen. Sie wollte mehr darüber wissen, und er tat ihr den Gefallen.

Sein ganzes Leben lang hatte es ihn verwundert, wie leicht sich die meisten Menschen belügen ließen. Wie begierig sie darauf waren. Besonders, wenn man ihnen sagte, dass sie und nur sie zu den Auserwählten gehörten. Zu jenen, die besser, klüger, schöner waren als die anderen. Er erzählte Katharina, dass nur bestimmte Menschen die Gabe hatten, die Zukunft im Spiegel zu erkennen. Sie glaubte ihm jedes Wort. Er rühmte die Tugenden des Spiegels, und das naive Mädchen fraß ihm aus der Hand.

Sie war ihm so verfallen, er hätte sie am nächsten Tag zu sich nach Hause bestellen können, und sie wäre ohne zu überlegen erschienen. Er hätte sie, wie die Mädchen zuvor, mit Laudanum betäuben können und seinen Willen mit ihr haben können.

Aber er wollte nicht, dass alles so schnell vorüber war.

Es war anders als später mit Barbara. Auch sie hatte dunkles Haar, jedoch hatte sie nichts von Katharinas Unbeschwertheit. Das Leben war mit ihr ganz anders umgesprungen, und das konnte man sehen. Trotz ihrer Jugend hatte sie einen harten Zug um den Mund. Barbara fiel ihm in den Schoß, wurde mehr aus Zufall zu seinem Opfer. Katharinas Tod hatte er von Anfang an geplant. Er wollte ihn auskosten, genießen. Wie man einen guten Wein reifen lässt, ehe man ihn trinkt. Jedes Mal, wenn er sie traf, stellte er sich vor, wie er sie umbringen würde. Ihr wollte er kein Laudanum geben. Sie sollte bei klarem Verstand sein, wenn er sie tötete.

Er stellte sich vor, wie er ihr die Augen verbinden würde und auch die Hände. Wie sie dasitzen würde in freudiger Erwartung, endlich in den Spiegel zu blicken.

Er dachte an ihr dunkles Haar, ihren schlanken Hals, ihre Schultern, den zarten Körper.

Daran, wie er diesen langsam zerbrechen würde.

Es war ein Spiel, so wie die Katze mit der Maus spielt, ehe sie sie frisst. Er hielt Katharina hin. Gab ihr immer nur kleine Brocken, bis sie ihm schließlich aus der Hand fraß. Bis sie glücklich war, dass der Tag endlich gekommen war.

Am Morgen schickte er die alte Mare hinüber. Er konnte nicht selbst gehen, er wollte nicht gesehen werden. Als Katharina zu ihm kam, sagte er ihr, dass dies der Tag sei. Sie solle nach Hause gehen und mit ihren schönsten Kleidern wiederkommen. Mit dem Spenzer, von dem er wusste, dass sie ihn dereinst für ihren Liebsten tragen wollte. Sie tat ohne Widerspruch, was er von ihr verlangte. Was sie nicht wusste: Er würde dieser Liebste sein.

In der Zwischenzeit präparierte er die Stube. Er verhängte die Fenster, legte einen Spiegel unter ein weißes Tuch. Als sie eintrat, gab er ihr zu verstehen, dass sie leise sein musste, um den Zauber nicht zu zerstören. Er verband ihr die Augen und auch die Hände, damit sie den Spiegel nicht berühren und sich die Magie entwickeln konnte. Das dumme Ding ließ alles mit sich geschehen.

Auch das Messer hatte er bereitgelegt. Mit dem stach er ihr in den Hals. Er erinnerte sich an das Blut und an ein gurgelndes Geräusch. Und daran, wie Katharina zu Boden glitt.

Er war wie in einem Rausch. Er zitterte am ganzen Körper vor Erregung. Er wollte ihr schlagendes Herz in seinen Händen halten. In aller Eile öffnete er darum ihren Leib. Als er das Herz hielt, hatte er das Gefühl, ganz in sie hineinkriechen zu müssen. Von ihrem Blut zu kosten und sich an ihrem Fleisch zu laben. Er wollte von der Wärme ihres

Körpers eingehüllt werden. Er wollte eins sein mit ihr.

Es war ein Fehler gewesen, die Kleider aufzubewahren. Er hätte sie im Ofen verbrennen müssen. Nur war da dieser Drang, etwas von Katharina zurückzubehalten. Der Körper würde verrotten, aber die Kleider blieben. Wann immer er wollte, konnte er sie hervorholen. Wenn er die Augen schloss und an den Kleidern roch, glaubte er, Katharinas Duft wahrnehmen zu können, und er konnte sie wieder um sich spüren. Solange er ein Stück ihres Gewandes hatte, würde sie immer bei ihm sein.

Erst später kam ihm der Gedanke, sich die Weste umarbeiten zu lassen, so konnte er sie wie eine zweite Haut auf seinem Körper tragen.

Die alte Mare war die Einzige, die wusste, dass der Bichel nach der Katharina geschickt hatte. Darum musste sie sterben. Ihr gab er Laudanum vermischt mit Tollkirschensaft, und der Tod kam, ehe sie dessen gewahr wurde.

Hatte er geglaubt, mit dem Tod der Katharina würde sein Verlangen gestillt werden, so hatte er sich geirrt. Nun trieb ihn die Suche nach einem neuen Opfer an. Er wollte jenes Gefühl des absoluten Glücks, welches er mit Katharina hatte, aufs Neue spüren. Barbara war nicht so naiv wie Katharina. Er musste sie mit Laudanum betäuben, darum war ihr Tod nicht so befriedigend gewesen. Wollte er dieselbe Erfüllung wie mit Katharina, musste er wieder losziehen. Er musste ein Mädchen finden, das ebenso leicht zu manipulieren war.

Er wusste: Wenn sie ihn nicht gefunden hätten, hätte er es wieder und wieder getan.

Auch wenn sie ihn morgen hinrichten würden, am Ende hatte er gewonnen. Er hatte ihnen Lügen erzählt, er nahm die Wahrheit mit sich ins Grab.

Sie gehörte ihm, nur ihm.

Danksagung

Paul Johann Anselm von Feuerbach, Rechtsgelehrter und königlich-bayerischer Geheimer Rat, gab 1811 eine Textsammlung mit dem Titel *Merkwürdige Criminal-Rechtsfälle* heraus. In dem Buch wurde der Fall des Andreas Bichel zum ersten Mal ausführlich einer breiteren Öffentlichkeit vorgestellt. Bichels Taten waren nicht unbekannt, zuvor waren sie bereits in einigen Zeitschriften wie dem *Münchner Tagblatt* erwähnt worden.

Berichte über Kriminalfälle zogen schon vor über zweihundert Jahren Leser an, und daran hat sich bis heute nichts geändert. Nach Feuerbachs Veröffentlichung war der Fall Andreas Bichel so bekannt, dass er 1889 sogar in der *New York Times* in einem Artikel über Jack the Ripper beschrieben wurde. Der Journalist glaubte, in dem Londoner Serienmörder einen Nachahmungstäter zu erkennen, töteten Andreas Bichel und Jack the Ripper ihre Opfer doch auf ähnliche Art und Weise.

Im deutschen Sprachraum geriet der Fall in Vergessenheit. Auch ich bin rein zufällig im Archiv der *New York Times* über ihn gestolpert. Eigentlich war ich einer ganz anderen Geschichte auf der Spur. Aber wie so oft bei solchen Recherchen kam ich von meinem Weg ab. Und da war er plötzlich, der Serienmörder aus Regendorf, einem Ort nahe meiner Geburtsstadt Regensburg. Irgendwie fühlte es sich unwirklich an, so weit von zu Hause entfernt über eine Tat wie diese zu lesen. Natürlich wollte ich mehr über den Bichel wissen, und aus dieser Neugierde ist dieses Buch entstanden.

Mein Dank gilt daher Paul Johann Anselm von Feuerbach, dem ersten »True-Crime«-Autor. Ohne ihn wäre dieser Fall in Vergessenheit geraten und die Geschichte des Bichel und seiner Opfer nie erzählt worden.

Ich möchte mich auch bei meinem Verleger Daniel Kampa und meiner Lektorin Meike Stegkemper bedanken, beide waren sofort Feuer und Flamme für dieses Projekt. Danke für die Unterstützung und die Geduld.

Ebenso bedanke ich mich bei meinen geduldigen Probelesern. Brigitte, Petra, Hilde, Klaus-Peter, Vera, Ingrid, Rojo und Maja: Danke, dass ihr euch die Zeit nehmt und nicht müde werdet, mir zuzuhören.

Zuletzt noch ein besonderer Dank an meine Kinder Felix, Toni und Linda sowie meinen Partner James: Ich habe euch lieb.

Andrea Larchmont, Oktober 2022

Andrea Maria Schenkel

Andrea Maria Schenkel, geboren 1962, gilt als eine der renommiertesten Krimiautorinnen Deutschlands. 2006 erschien ihr Debüt *Tannöd* – ein Überraschungserfolg, mit dem sie großes Aufsehen erregte: Der Roman wurde mit dem Deutschen Krimipreis, dem Friedrich-Glauser-Preis und dem Martin Beck Award, dem schwedischen Krimipreis für den besten internationalen Kriminalroman, ausgezeichnet. Die Startauflage betrug 1000 Exemplare – der Roman verkaufte sich über eine Million Mal, wurde in zwanzig Sprachen übersetzt und fürs Kino verfilmt. Für ihr zweites Buch *Kalteis* (2007) erhielt Schenkel zum zweiten Mal in Folge den Deutschen Krimipreis. Zuletzt erschienen *Bunker* (2009), *Finsterau* (2012) und *Täuscher* (2013) sowie *Als die Liebe endlich war* (2016), erstmals ein Roman jenseits des Krimigenres. Schenkel hat drei erwachsene Kinder und lebt in Regensburg und in Larchmont, einem Vorort von New York, wo sie derzeit ihr Masterstudium abschließt. Sie lehrt am Bronx Community College und der OTH Regensburg und schreibt regelmäßig für *ZEIT Verbrechen*.